태클
걸지 마!

FUSION FANTASTIC STORY
무람 장편 소설

태클 걸지 마! 8
무람 장편 소설

초판 1쇄 찍은 날 § 2012년 8월 29일
초판 1쇄 펴낸 날 § 2012년 9월 3일

지은이 § 무람
펴낸이 § 서경석

편집부장 § 권태완
편집책임 § 어정원
디자인 § 이혜정

펴낸곳 § 도서출판 청어람
등록번호 § 제1081-1-89호
등록일자 § 1999. 5. 31
어람번호 § 제1-1454호

주소 § 경기도 부천시 원미구 심곡2동 163-2 서경B/D 3F (우) 420-822
전화 § 032-656-4452 팩스 § 032-656-4453
http://www.chungeoram.com
E-mail § chungeorambook@daum.net

ⓒ 무람, 2011

ISBN 978-89-251-2991-4 04810
ISBN 978-89-251-2711-8 (세트)

※ 파본은 구입하신 서점에서 교환하여 드립니다.
※ 저자와 협의하여 인지를 붙이지 않습니다.
※ 이 책은 도서출판 청어람과 저작자의 계약에 의해 출판된 것이므로,
  무단 전재 및 유포·공유를 금합니다.

태클 걸지 마!

⟨8⟩ [완결]

무람 장편 소설
FUSION FANTASTIC STORY

CONTENTS

1장 천우회의 분노   7

2장 전국의 조직들이 불안해하다   49

3장 다시 간 일본   83

4장 비선문과 닌자들의 전투   117

5장 비선문에 내기법을 전하다   141

6장 천우회의 특급 무인   175

7장 천우회의 원로들   215

8장 잃어버린 유산을 찾다   251

9장 다시 치료를 시작하다   279

태클 걸지 마!

 한국에 있는 천우회의 지부들이 모조리 제거를 당했다는 보고를 받은 천우회 총단에서는 긴급히 총단 간부들을 소집하여 회의를 하고 있었다.
 꽝!
 "도대체 일을 어떻게 처리를 하는 거야, 대체! 어떻게 한국의 지부들이 모조리 제거를 당할 수가 있다는 말인가 말이다."
 "죄, 죄송합니다, 회주님."
 "지금 죄송하다고 빈다고 해서 일이 해결이 될 문제라고 보이나? 한국에 심어 두었던 비선들이 모조리 제거를 당하고 있는데 말이야. 한국의 정치인들은 어떻게 되고 있는 건가? 우리가 끌어들인 자들 말이야."

"그들도 제거를 당했다고 합니다, 회주님."

"이런… 미친……!"

천우회의 회주는 정말 눈앞에 있는 수하들을 모조리 죽여 버리고 싶은 기분이 들었다.

회주의 얼굴이 붉게 달아오르는 만큼 수하들의 표정은 점점 딱딱하게 굳어져만 가고 있었다.

만약 여기서 말 한마디 잘못하면 바로 자신의 죽음으로 이어질 것이라는 사실은 지금 이 회의석상 안에 모여 있는 누구나 익히 알고 있는 사실이었다.

"지금부터 모든 지부와 회에 속해 있는 간부들을 전부 소집하도록 해라. 긴급 상황이니 모두 모이라고 전해라. 지금 당장 모아야 할 것이야! 당장!"

천우회의 회주는 분노의 음성을 토하고 있었다.

"하잇! 알겠습니다, 회주님!"

* * *

천우회의 총단에서는 지금 살벌한 기운이 감돌고 있었다.

모든 하부 조직에 연락이 간 탓에 천우회의 총단에는 급하게 차를 몰고 들어와 다급하게 회의를 위한 장소로 이동하는 간부들의 모습이 연이어 이어지고 있는 상황이었다.

그들의 표정은 하나하나 다들 긴급한 상황에 잔뜩 얼굴이 굳어진 상태였다.

일본의 전 지역 간부들의 총 소집!

이것은 천우회에 있어 극히 보기 드문 사태가 벌어졌음을 의미한다.

점 조직과 같은 형태로 운영하기 때문에 총단에 출입할 수 있는 인원은 지극히 적은 것이 천우회였다.

실제로 지부장이라 하더라도 총단으로 출입했던 인원은 극소수에 불과할 정도로 총단의 위치는 외부로 알려지지 않은 상태였다.

그런 천우회가 간부들을 모두 총단으로 불러들이다니……

모든 것은 그렇게 급박하게 흘러가고 있었다.

천우회 간부들의 회의장.

그곳으로 간부들이 전원 모여들고 회의가 집행되었다.

회의의 시작은 회주가 간부들을 향해 매우 큰 목소리로 고함을 지르는 것부터 시작하였다.

"제길! 우리 천우회가 생기고 이번처럼 당한 일은 없었다!

한국 지부의 모든 것이 사라졌고 일본 지부의 일부도 당하는 일이 있었다! 이 말을 다시 풀어보자면 그만큼 각 지부가 엉망이었다는 것을 의미한다고 생각한다. 오늘 모든 간부를 긴급하게 소집한 이유는 바로 그동안의 공을 보아 새롭게 간부진을 구성하기로 마음먹었기 때문이다!"

회장의 이 말에 간부들의 눈빛이 살벌하게 변하고 있었다.

특히 이번에 변을 당하지 않은 간부들의 입장으로선 갑작스런 날벼락과 같은 일이었다.

반면 그렇지 않은 간부들은 이번 일로 인해 자신들의 권력이 사라지게 될 것이라는 예감에 잠혀 표정들이 전부 처참하게 굳어져만 갔다.

이렇듯 두 패로 갈라지게 된 간부들은 서로를 복잡하고 불편한 시선으로 바라보며 입을 굳게 다물었다.

회주는 그런 간부들을 보며 싸늘한 눈빛으로 모멸에 찬 듯한 목소리로 입을 열었다.

"그 이전에 우선 무너진 한국 지부에 대한 보고를 듣겠다."

회주의 발언에 회주의 바로 옆에 있던 간부가 고개를 가볍게 숙이며 보고를 시작했다.

"이번 한국 지부의 일은 한국의 국정원과 비선문이 개입이 되어 있었다고 합니다. 물론 비선문과 국정원에 비밀스러운 어떤 누군가나 어떠한 조직이 개입하여 정보를 전해준 것으로 잠입 중에 있는 조직원으로부터 정보를 전달받았습니다. 하지만 아직 파악되진 않았습니다."

"…그래서?"

"네, 이들은 그 정보를 이용하여 한국의 지부를 모두 제거하는 데 성공한 것으로 보입니다. 우리는 우선 그 비밀스러운 정보단체의 정체를 먼저 파악을 해야 합니다."

"흠……. 정보를 준 세력도 중요하지만 한국의 무인들이 모여 있는 비선문은 당장에라도 경계할 필요가 있지. 어쨌거나 그자들을 그대로 두면 앞으로 더욱 골치가 아파지게 될 것은 자명한 일! 우선은 비선문에 대한 일을 먼저 처리토록 한다. 좋은 방법이나 생각이 있다면 말을 하도록."

회주의 말에 간부들은 잘만 하면 공을 세울 수가 있을 것이라는 희망이 보였는지 눈빛이 달라지기 시작했다.

"회주! 한국의 비선문이 강한 무력을 가지고 있는 것은 분명 사실십니다. 그러나 아직은 우리 천우회의 무력 조직을 상대하기에는 턱없이 부족하다고 생각합니다. 하여 회의 무력 조직을 파견, 이들로 하여금 비선문을 아예 척결해버리도록 지시를 내리는 것이 가장 효과적인 방향이 아닐까 생각합니다."

일본의 무에 대해 거론할 때 항상 빠지지 않고 나오는 이야기가 두 존재가 있다.

사무라이와 닌자.

이는 천우회에서도 다르지 않은 부분이었다.

천우회에는 두 개의 조직이 있다.

하나는 닌자의 은신술을 익힌 조직이었고, 하나는 검술을 익힌 집단이었다.

두 조직은 항상 누가 더 강한지를 두고 꾸준히 대결을 하고 실력을 키워오고 있었지만 아직도 그들은 서로 승부를 보지 못할 만큼 상호 대등한 무위를 보이고 있었다.

그리고 그들의 솜씨가 매우 빼어남을 알기에 다들 수긍하는 분위기가 흘렀다.

회주는 간부의 의견에 자신도 그렇게 생각을 하고 있었는지 눈빛이 조금 달리하기 시작했다.

그런 상황에서 한 간부가 그 의견에 반발하듯 자신의 의견을 피력하였다.

"회주님, 무력 단체를 파견하는 것도 좋지만 이번에 당한 간부들에게도 기회를 주었으면 합니다. 이들도 공을 세워 전의 죄를 사할 수 있었으면 합니다."

"그렇습니다. 저희에게도 기회를 주십시오, 회주님."

이번에 사고를 터뜨린 간부들은 모두 간절한 눈빛으로 회주를 바라보며 소리를 쳤다.

하지만 회주는 그런 간부들을 그저 싸늘하고 모멸에 찬 눈빛으로 바라볼 뿐이었다.
 회주가 답을 했다.
 "죄를 지은 간부들에게 기회를 주는 것은 어렵지 않지. 하지만 이번 일로 인해 드러난 것을 통해 보자면 간부들이 그동안 얼마나 나태하게 있었는지 잘 보여준다고 생각이 드는군. 간부들의 그런 작태야말로 우리 천우회를 약하게 만들고 있음의 산 증거! 그런 이유로 그냥 넘어갈 수는 없다. 죄를 지은 간부들은 이번에 특별 수련관으로 들어가게 될 것이다. 거기서 예전을 돌이켜 보고 정신 무장을 한 채 돌아온다면 기회를 주도록 하겠다."
 회주의 발언을 들은 간부들은 이번 사고의 중심에 있는 인물은 물론이거니와 그렇지 않은 이들의 얼굴까지 창백하게 만들었다.
 특별 수련관은 그만큼 이들에게 공포심을 안겨주는 그런 곳이었기 때문이다.
 그곳을 다시 들어간다는 것은 정말 두 번 다시는 생각하고 싶지도 않은 끔찍한 장소인 것이다.
 "회, 회주님. 마지막으로 한번만 기회를 주십시오."
 한 간부가 무릎을 꿇으며 잘못을 빌기 시작했다.
 하지만 이미 결심을 굳힌 회주는 눈빛 하나 변하지 않고 매정하게 말을 이어나갔다.

"다시 말하지만 너희를 죽이지 않은 것만으로도 나는 너희에게 은혜를 베풀었단 사실을 명심해라. 너희에게는 이번이 마지막으로 주는 기회다. 그러니 너희들은 수련관으로 가서 예전의 모습으로 돌아오기 바란다."

회주의 말에 간부들은 더 이상은 방법이 없다는 것을 깨달았는지 고개를 푸욱 떨구었다.

이들의 얼굴에는 정말 공포와 허탈감만이 가득 남아 있었다.

회주는 그런 간부들에게는 신경도 쓰지 않는지 다시 다른 간부들을 보며 회의를 다시 진행해 나가기 시작했다.

"더 이상 다른 의견은 없는 것인가?"

"회주님, 앞서 나온 의견처럼 저 또한 비선문을 응징하기 위해서는 조직의 무력 단체를 파견하는 것이 가장 현명하다고 생각합니다."

"좋다. 비선문에 대한 건은 그렇게 진행하도록 하지. 그러면 다음으로 넘어가서 그 정보를 제공한 존재에 대해선 다들 어떻게 생각하고 있고, 또 어찌하였으면 싶은지 다들 의견을 말해보도록."

회주의 관심이 비선문에 대한 방안을 거쳐 정보를 제공한 존재에 대한 방향으로 넘어가자 가장 앞서 정보를 담당하고 있는 간부 하나가 나서 의견을 꺼내 들었다.

"저희도 아직 정보를 주고 있는 곳에 대한 것은 아직 알고 있는 것이 없습니다. 그만큼 비밀스러운 곳이라는 이야기이니 아직은 시간을 두고 조사를 해야 한다고 생각합니다."

"놈들이 누구인지를 찾아야 한다. 천우회에 대한 정보를 가지고 있을 정도면 놈들도 그만큼 대단한 곳이라는 판단을 염두에 두고서 대책을 마련해야 할 것이야. 우리의 정보를 파악해낸 수준을 봐선 결코 한 사람이 벌인 일이 아닐 테니까. 내가 하는 말이 어떤 의미인지는 다들 잘 알겠느냐?"

회주는 절대 방심을 하지 말라는 뜻으로 한 이야기였다.

간부들도 그런 회주의 뜻을 충분히 파악을 하고 있었기에 하나가 된 목소리로 힘차게 대답을 하였다.

"예, 회주님!"

천우회는 회주가 가지고 있는 인식과 마찬가지로 이번 일이 한 개인에 의해 벌어진 일이라고는 생각지 않았다.

일본 전국의 천우회 간부를 모두 모아 벌였던 회의를 마친 이후 그들은 자신들을 노리고 정보를 캐낸 대상이 무조건 하나의 거대한 단체일 것이라는 가정 하에 조사를 시작했다.

그러나 애당초 정보를 제공한 대상이 성호라는 단 한 사람뿐이기에 넓게 조사 범위를 퍼뜨려 보았자 건져낼 수 있는 정보는 하나도 없는 것은 자명한 일.

설사 성호라는 인물을 알고 조사를 하려 한다 치더라도 한태민을 제외한다면 아주 명쾌하게 성호에 대하여 정보를 정리할 만한 사람은 나올 턱이 없었다.

그러니 그들은 계속해서 고양이 제 꼬리 물듯 제자리만 맴돌 뿐, 아무런 진척을 보이지 못해 답답하기만 했다.

한국, 국정원.

미궁속으로 빠져들고 있는 천우회의 현재 사정과는 다르게 국정원의 분위기는 근래에 보기 드물 정도로 훈훈하고 자신감으로 가득한 분위기가 흘러넘치고 있었다.

한태민의 지휘 아래 벌어진 국내 천우회 소속 정치인들을 모두 빠져나갈 수 없는 물증과 심증, 증인들까지 마련하여 구속하는 데 성공했기 때문이다.

뿐만 아니라 천우회가 뿌려둔 지부들까지 확실하게 제압을 했으니 국가 안보와 관련한 일이나 간첩 등에 예민할 수밖에 없는 그들로서는 분위기가 고무되지 않을 수 없는 상황이었다.

"원장님, 천우회에 속해 있던 모든 정치인들을 정리하였습니다. 국가보안법 위반과 관련한 부분은 물론이고 뇌물 수수와 횡령 등 복합적인 죄목까지도 전부 포착해내서 구속까지 완료하였습니다. 명명백백한 물증들까지 나온 탓에 여론 또한 이들에게 등을 돌려 더 이상 이들이 정치판으로 뛰어드는 것은 아무래도 힘들 것 같습니다. 우리나라에서 일본 사람들에게 매수되어 매국행위를 했다는 건 용납될 수 없는 일이니 말입니다."

"알겠네. 그간 정말 고생 많았어. 아직 남은 일도 많겠지만 잘 부탁하도록 하지. 일단 나는 바로 보고를 올리기 위해 이동해야 할 듯하니 나머지 사안들에 대한 것들도 잘 정리해주기 바라네. 한태민, 자네만 믿겠네."

"예, 원장님."

한태민은 이번 천우회 정리 작업에 있어서 국정원에서 빼놓을 수 없는 일등 공신으로 자리를 잡았다.

게다가 그간 정치권까지 뿌리를 내리고 나라를 흔들려 했던 위험한 이들을 정리한 공까지 감안하여 원장에게 톡톡한 신임까지 받게 되었다.

게다가 앞서 언급되었던 것처럼 한태민이 처리한 문제는 정치계에 뿌리내린 천우회에 매수된 정치인 뿐만 아니라 천우회의 한국 지부는 물론이요, 이와 관련한 문제거리들까지 한꺼번에 정리하는 쾌거까지 이루어 낸 것이다.

그뿐이랴. 그간 약간의 거리감이 존재하던 비선문과의 관계 또한 상당한 친분을 이끌어내고 서로를 믿고 도와주는 동맹관계를 구축하는 데 성공하였기 때문에 이번 일의 가장 큰 공헌자로 인정받고 있었다.

이는 달리 말해 다음 차기 국정원장으로 한태민을 사실상

내정되었다고 말해도 충분할 만큼의 것이었다.

실제로 국정원장이 자신의 다음 차기 주자로 강력하게 한태민을 대통령에게 추천하고 있는 상황이니 이는 결코 바뀌지 않을 것이 자명해 보였다.

그로 인해 국정원 안에서 한태민의 입지는 국정원장을 제외한 다른 누구도 건드릴 수 없는 정도에 다다랐다.

그만큼 이번의 임무는 성공적이었던 것이다.

"차장님, 수고하셨습니다."

"정말 고생하셨습니다. 그런데 그렇게 정확한 정보를 어떻게 알아내신 것입니까?"

한태민을 바라보는 간부들은 저마다 어떻게 그런 귀한 정보를 물어 왔는지 신기하지만 하다는 듯한 눈빛을 보내며 이렇게들 물어왔다.

이들이 자신을 보는 이러한 눈빛에 아주 흡족한 기분을 느끼고는 있지만 그렇다고 정보의 출처에 대하여 이야기해주고 싶지는 않은 한태민이었다.

아니, 그 정보의 출처를 밝힐 수가 없다는 것이 더 정확한 한태민의 입장이라 말할 수 있을 것이다.

만약 자신이 정보의 출처에 대한 이야기를 밝히게 된다면 그 즉시 자신의 입지가 상당히 줄어들 수 있다는 점을 그 누구보다 한태민 스스로가 잘 알고 있었기도 하고 말이다.

"하하하, 고맙지만 정보에 대한 이야기는 나도 할 수가 없네. 만약에 비밀을 누설한다면 나는 이 자리에 더 이상 있지 못하게 될테니 말일세."

한태민의 대답에 국정원의 간부들은 금방 어떤 의미의 말인지를 알아차리고 더 이상 묻지 않았다.

국정원에 소속된 인물들은 대부분 비밀스럽게 정보를 수집하기 위하여 자신만의 정보망을 가진 집단들과 접촉하게 마련이다.

이러한 점은 한태민 또한 다르지 않다고 여겼다.

그들이 생각하기에 아마도 한태민은 그러한 고급스럽고 은밀한 정보를 가지고 있는 조직과 만나게 되어 이번과 같은 매우 커다란, 그야말로 대박 중 대박을 터뜨리게 되었을 것이라 판단을 내린 것이다.

분명 천우회가 일본에서는 막강하다 말할 수 있을 정도의 힘을 발휘하고 있는 것은 사실이지만 그렇다고 해서 한국 내에서 국정원을 상대할 수 있는 그런 것은 결코 아니었다.

그런 이유로 천우회에서는 국정원의 인물들을 건드리지 못하고 있는 상황이었기에 천우회가 성호에 대한 정보를 국정원에 연루하여 얻어내거나 한태민에 대한 것을 포착하기엔 어려울 듯 보인다.

"아무튼 한 차장님이 다음 원장 자리는 확실하게 얻을 것 같습니다."

한태민의 직속 부하로 있는 직원은 다음 대는 한태민이 원장이 될 것으로 확신을 하고 있었다.

한태민은 부하의 말에 입가로 자신도 모르게 미소가 그려지고 있었다.

"하하하, 기분이 좋기는 하지만 그런 소리는 다른 사람이 있는 곳에서는 하지 말게."

"알고 있습니다. 차장님만 계시니 그렇게 말도 하는 것입니다."

"자네의 말을 들으니 오늘은 무언가 좋은 일이 생길 것 같은 기분이 드네."

한태민은 부하의 말에 기분이 좋은지 한가득 지은 미소를 감추질 못했다.

그러면서도 한편으로 이런 고급 정보를 가지고 있는 성호에 대한 생각을 하게 되었다.

'도대체 성호는 이런 고급 정보를 어떻게 얻은 것인지? 그 정보를 전해주는 곳에 대해 나도 알았으면 좋겠는데 말이야.'

한태민은 성호를 통해 정보를 얻는 것보다는 자신이 직접 정보를 얻었으면 하는 욕심이 생기기 시작했다.

남자라면 야망을 품게 마련이고, 한태민 또한 마찬가지로 야망을 품고 있는 남자였다.

그런 상황에서 자신이 행하는 일들이 모두 잘 풀려나가는 모습을 보자 가슴에 잠잠히 있던 야망이 고개를 들기 시작했다.

한태민이 생각을 하고 있을 무렵, 성호는 전국의 다른 조직을 흡수하기 위해 전쟁을 치르고 있었다.

자신의 친위대들을 수련시키고 그들이 자신이 생각하는 기준 정도까지 능력을 끌어올리자 바로 수도권을 벗어난 지역들에 대하여 정벌을 시작한 것이었다.

그렇게 해서 가장 먼저 공략에 들어간 곳이 바로 인천을 장악하고 있는 부두파였다.

부두파의 수장인 칼치는 제법 건달계에서 명성도 있는 자였고, 성호가 자신들을 노리고 있다는 정보를 이미 포착한 상태였다.

그러한 이유로 그동안 제법 많은 준비를 한 채 성호와 대치할 만반의 준비를 끝내고 있었다.

이러한 사실을 성호 또한 잘 알고 있기에 성호는 친위대를 이끌고 인천으로 가면서 최대한 피해를 줄이기 위하여 자신이 좀 더 많이 움직여야 하는 필요성을 자각한 상태였다.

인천을 향해 출발하기 전 차 안에서 성호가 상어에게 의견을 물었다.

"상어는 이번 부두파에 대해 어찌 생각하지?"

"결코 쉽지는 않은 곳입니다. 게다가 사장님께서도 들으셔서 아시겠지만 인천의 칼치도 만만치 않게 준비를 하고 있다고 합니다. 그렇다고는 하지만 인천의 부두파 정도는 충분히 정리를 할 수 있다고 확신합니다."

백상어의 말은 인천의 칼치가 진성의 움직임에 촉각을 세우고 미리 만반의 준비를 갖추었다는 정보원의 소식을 염두에 두고 새삼스레 이러한 점을 환기시켜 주었다.

"흠… 준비를 하였다면 피해가 많을 수도 있다는 이야기겠군. 그렇다면 그 수준은 어느 정도인 거지?"

"네, 분명히 피해가 따를 수밖에 없을 겁니다. 하지만 그 정도 피해는 충분히 커버할 수 있는 수준이 될 것으로 보입니다. 그들이 준비하였다고는 하지만 우리 친위대의 실력이라면 가볍게 이겨낼 수 있다고 생각하니 말입니다."

"좋다. 우리 친위대도 실력이 높아졌으니 인천 정도는 충분히 장악을 할 수 있을 것이라고 믿어보도록 하지. 어쨌든 이제 출발하세."

"예, 사장님."

성호의 지시에 의해 강남에 모여 있던 친위대들이 비밀스럽게 움직이기 시작했다.

적에게 자신들의 움직임을 파악하지 못하도록 동이 트기 2시간 전을 기준으로 하여 은밀히 움직임을 시작한 것이다.

 부두파가 충분한 준비를 한 채 경계하고 있다는 정보를 파악한 이상 은밀히, 기습적으로 공격해야 최대한 피해를 줄일 수 있다는 성호의 판단에 따른 움직임이었다.

 갑작스러운 공격이기에 더욱 효과적으로 상대를 칠 수도 있다는 판단도 여기에 기인했다.

 강남의 힘이 이렇듯 인천으로 이동을 시작하였지만 아직 이들의 움직임에 대하여 파악하고 있는 세력은 존재하지 않았다.

 또한 지방에 있는 연합 세력들이 따로 별동대를 선발하여 훈련시키고는 있다지만 아직 그 준비도 미약하고 각 세력별 기세싸움이 한참 있을 시기임을 알기에 친위대가 준비되자마자 이렇듯 신속히 공격을 시작한 것이었다.

 뿐만 아니라 은밀하게 공격을 해서 장악함으로서 상대에게 자신들의 전력을 노출시킬 수 있는 정도를 줄여낸다는 점에서도 이번 기습은 효과를 발휘할 것으로 보았다.

 성호가 노리고 있는 것은 전국의 모든 조직을 통합하여 만든 한국의 진성이기에 피해를 줄이고 가장 효과적인 방식으로 치밀하게 일을 치루어 나갈 필요가 있는 것이다.

 그 첫걸음은 수도권과 그 인근 지역이 될 것이며 그 효시가 부두파인 셈이리라.

*　　*　　*

인천 앞 어느 항구에는 부두파가 자신들의 본진으로 삼고 있는 창고가 있다.

이 창고는 두 개의 건물을 마주 대어 만든 형태로 이루어져 있는데 앞쪽 창고는 일반 조직원들이, 뒤쪽 창고는 칼치와 핵심 정예들이 묵는 숙소로 활용되고 있었다.

아직 동도 트지 않은 시간, 부두파의 입구를 지키는 경계병들을 제외하곤 그들의 기지 안은 전쟁을 대비하여 모인 조직원들이 휴식을 취하고 있어 매우 조용하고 잠잠한 상태였다.

바로 이 창고를 향해 엄청난 속도로 달리는 수십 대의 차량이 모습을 드러냈다.

그렇다 보니 경계를 서고 있던 조직원들은 갑작스럽게 달려드는 이들의 모습을 보고 의아한 시선으로 차량들을 바라보며 의아해했다.

"저기 오는 차량은 뭐야?"

"헉! 적이다. 놈들의 공격이다. 어서 빨리 알려라."

"거기 철문을 닫아라!"

부두파의 입구에는 철로 만들어진 문이 있었기에 우선은

차량을 통제하기 위해 나온 소리였다.

츠르르르르릉—

이내 철문이 닫혔다.

그렇지만 성호는 부두파의 입구에 철문이 있는 것을 알고 있었기에 가장 선두에 있는 차량더러 사륜으로 달리게 지시를 내렸다.

그리고 이내 차량이 철문을 박으면서 박살 내고 들어가 건물 안까지 그대로 돌진해 나아갔다.

이후 안으로 진입한 차량들은 저마다 문을 열고 그 안에 타고 있던 강남의 친위대를 토해내듯 쏟아내기 시작했다.

"쳐라!"

두두두

친위대는 저마다 가지고 있던 무기를 들고 빠르게 부두파의 조직원들을 공격하기 시작했다.

"죽어라!"

퍽!

가장 앞서 달려나가던 친위대 하나가 이제 막 정신을 차린 부두파 조직원 하나의 머리를 후려쳐 쓰러뜨렸다.

이를 시작으로 부두파의 조직원들과 친위대의 거센 충돌이 시작되었다.

"크윽!"

퍽!

"아악!"

팍팍팍!

첫 싸움의 양상은 친위대가 갑작스러운 기습과 졸음 탓에 제대로 대응하지 못하는 부두파의 대립으로 친위대가 우세한 면모를 보였다.

하지만 조금 시간이 지나고 나자 두 조직은 치열하게 전투를 해나갔지만 실력이나 상황에 있어 부두파의 조직원들이 밀리고 있는 실정이었다.

한편, 부두파의 보스인 칼치가 있는 사무실에서는 지금 난리가 났다.

"형님! 지금 놈들이 공격을 하고 있습니다."

"으아니! 이 야심한 시간에?! 놈들이 당장 움직이려 한다는 정보는 없었잖아! 정보조장 이 새끼야! 어떻게 된 거야!"

칼치는 강남의 세력이 자신들을 공격하려 준비하고 있다는 사실은 충분히 알고 준비를 해온 상태였다.

하지만 그 공격이 언제 시작되며 얼마나 되는 인원이 쳐들어올 것인지에 대하여 알려진 바가 전혀 없는 상황이었기에 진지에 모여서 공격에 대비만 하고 있는 상황이었다.

게다가 자신들이 눈치도 채지 못할 만큼 은밀히 쳐들어올 줄이야…….

전혀 예상치도 못하고 전혀 정보를 포착하지 못한 상황에 열이 받은 칼치가 자신에게 소식을 전해온 정보조장의 머리로 양은 재떨이를 내던졌다.

정보조장은 이를 머리로 이를 받아내며 아랑곳 않고 칼치에게 보고를 이어나갔다.

"형님, 지금 놈들이 엄청나게 많은 녀석들이 쳐들어와서 이대로 가다가는 조직이 무너질 것만 같은 분위기입니다. 서둘러 정예들과 같이 나가보셔야 할 것 같습니다."

"애들은 모두 어디에 있냐?"

입구를 지키는 조직원들과는 다르게 아직 조직의 정예들이 따로 있었기에 하는 소리였다.

"지금 연락을 하였으니 준비하고 있을 겁니다."

"우선은 나가서 상황을 봐야겠다."

"알겠습니다, 형님."

칼치도 주먹으로 이름을 높인 인물이기 때문에 현재의 상황을 보고 싶었는지 사무실을 빠르게 나가고 있었다.

칼치의 뒤에는 부두파의 간부들이 따르고 있었다.

사무실을 벗어나니 부두파의 일반 조직원들이 모두 이미 제압을 당해 있는 모습을 보게 되었다.

칼치는 그런 것을 보면서도 전혀 위축이 되지 않은 모습을 보여주고 있었다.

칼치가 나오면서 그의 등 뒤에서 부두파의 정예 조직원들이 몰려오기 시작했다.

 친위대의 인원이 삼백여 명이었지만 부두파의 정예 조직원들도 거의 비슷한 인원이었기에 칼치의 입장에서 아직은 지지 않았다는 생각을 하기엔 충분했다.

 "사신이 대단하다고 들었는데 이렇게 비겁하게 기습을 할 줄은 몰랐다."

 칼치는 성호가 있는 곳을 보며 비웃듯 말을 하고 있었다.

 성호는 그런 칼치의 말에는 대답을 하지 않고 상대의 전력을 보고 있었다.

 성호가 보기에는 정예라고는 하지만 친위대의 실력에 비해서는 아직은 부족하게만 보였다.

 그렇기에 조금은 느긋한 마음을 가지고 그들을 바라볼 수 있었다.

 백상어는 성호가 말을 하지 않자 앞으로 나서 칼치를 향해 입을 열었다.

 "가타부타 말이 많군. 적을 공격하는데 기습은 가장 기본적인 전술 중 하나일 뿐이다. 그런 것도 모르는 놈이 비겁하다는 소리를 하고 있으니 웃기는구나."

 칼치는 백상어에 대해 익히 들어와 그를 잘 알고 있었다.

 그를 직접 본 것은 이번이 처음임에도 불구하고 누구인지 바로 알아차릴 수 있을 정도였다.

하지만 백상어가 자신에게 던진 조롱은 초등학교밖에 나오지 않은 그가 가장 싫어하는 종류의 것이었기에 몹시 화가 나 얼굴이 벌겋게 달아올랐다.

"이런 빌어먹을! 상어가 사신의 밑으로 가서 말만 늘었구나!"

"다른 헛소리하지 말고 항복해라. 그러면 최소한의 배려 정도는 해줄 수도 있다."

"부두파가 너희들이 보기에 그렇게 만만해 보이냐! 우리는 인천을 장악하고 있는 조직이다! 네놈들이 서울을 장악하고 있듯이 우리 또한 인천을 완전히 우리 수중에 두고 있단 말이다! 그런 힘이 있는 조직인데 쉽게 물러날 것 같냐! 감히 항복하라니 아주 웃기지도 않는구나! 에라이, 넘버 투인 자식이 어디서 아가리를 놀려!"

칼치는 화가 났지만 그렇다고 상대의 말에 호락호락 넘어갈 인물이 아니었다.

건달세계에서 성장해온 잔뼈가 워낙 굵기에 백상어의 말에 지지 않고 대꾸하는 것이었다.

성호는 칼치가 하는 모습을 차분히 살펴보다가 백상어가 아니라 자신이 나서야 할 것 같다는 판단을 내리고는 앞으로 차분히 걸음을 옮겼다.

그리고 성호가 백상어를 지나쳐 칼치와 마주 보는 위치에 섰을 때 입을 열어 상대를 불렀다.

"칼치라고 했나?"

"그렇다. 내가 인천의 칼치다."

칼치도 사신에 대한 소식은 들었기에 감히 사신에게 백상어에게 한 것처럼 하지는 못했다.

"기개가 마음에 든다. 내가 다시 묻지. 항복해라. 조직을 유지하게는 해주마."

성호의 목소리는 차갑게 가라앉은 목소리에 듣고 있는 사람들의 몸에 소름이 좌아악 돋아났다.

그러나 그렇다고 해서 물러날 칼치가 아니었다.

"웃기는 소리를 하지 마라. 사신이라고 해서 대우를 해주었더니 감히 위아래도 모르는 모양이구나. 연배로 따지면 내가 너보다 한참을 위에 있다 이 망할 것아!"

칼치는 항복을 하라는 소리에 눈빛이 달리하며 욕지기를 섞어 고함을 쳤다.

친위대는 칼치의 말을 듣자마자 차분하던 기세를 끌어 올려 살기를 일으켜 세웠다.

친위대에게 있어 성호는 감히 함부로 할 수 없는 경지에 있는 분!

그렇기에 그런 성호에게 보인 태도에 분노하는 것이었다.

그러나 성호는 그러한 칼치의 모습에 딱히 반응을 보이지 않고 조직 대 조직의 전투가 진행될 것을 예상해 차분히 칼치를 대했다.

칼치의 반응으로 보건대 칼치는 이미 부두파의 정예들을 전부 준비시켜 둔 상태로 이미 정예 대 정예로 싸울 것을 기본으로 생각하고 있음을 확신했다.

그래서 칼치의 뒤로 있는 이들은 전부 부두파의 정예들이 분명하고 말이다.

그들을 기감으로 돌아보니 큰 피해는커녕 손실이 전무할 것으로 보여 성호가 씁쓸한 웃음을 지으며 칼치를 모멸차게 바라보았다.

"결국 피를 보아야 한다는 말이구나. 어쩔 수 없지. 선택은 자신이 하는 것이니 말이야. 기껏 쥐를 살려주겠다고 했건만 고양이의 입으로 그대로 달려들 줄이야. 상어, 깨끗하게 정리해라."

"예, 사장님. 애들아 정리해라."

백상어의 명령이 떨어지자 친위대와 부두파의 2차 충돌이 시작되었다.

"죽여라!"

"너나 죽어라!"

퍽퍽퍽!

"아악!"

"크아악!"

"아아악!"

사방에서는 비명 소리가 터졌고 친위대와 부두파의 조직원들의 충돌이 거세게 시작되었다.

하지만 그 실력 차이가 도저히 메울 수 있는 수준의 것이 아니었다.

전력에서 너무나도 현격한 차이를 보이자 칼치는 당혹스러운 얼굴을 하고 있었다.

쓰러지는 사람들은 거의 대부분 부두파의 조직원들이었기 때문이다.

"혀, 형님, 전혀 상대가 되지 않습니다. 그 정도를 넘어 이건 무조건 전멸입니다. 지금이라도 당장 항복하는 것이 이로울 것 같습니다."

조직의 정예들 중 절반이 쓰러지는 데까지 걸린 시간을 불과 오 분도 채 지나지 않은 듯했다.

이러한 절대적인 무력 차이를 뼈저리게 느끼자 간부 하나가 칼치에게 불안한 눈빛을 보내며 이렇게 항복을 권유한 것이다.

"야이, 개새끼야! 너는 동생들이 저렇게 쓰러지고 있는데 항복하자는 소리가 나와? 남자 새끼가 배알도 없냐! 너도 당장 나가 싸워!"

 칼치는 동생처럼 생각하는 조직원들이 쓰러지자 이제는 눈에 광기가 일기 시작했다.

 거의 이성을 잃어버릴 지경이었기 때문이다.

 백상어는 칼치의 그런 모습을 보자 천천히 칼치가 있는 방향을 향해 몸을 움직였다.

 이 상태로 더 가면 부두파의 조직원들은 모조리 무너질 테고, 성호의 냉혹한 성격을 떠올려 보면 다들 불구가 되어 버리는 것은 순식간이리라 판단했다.

 같은 건달의 입장에서 그러한 모습은 그다지 원치 않았기에 확실히 승부를 가를 필요가 있다는 판단이었다.

 "칼치, 이제 조직원들은 물리고 나랑 한판하자."

 칼치도 사신이라면 부담이 가지만 백상어라면 한 번 해볼 만한 상대라고 생각하고 있었는지 상어의 말에 바로 대답을 하였다.

 "좋다. 한번 붙자. 애들을 물려라!"

 "모두 후퇴하라!"

 부두파의 간부들이 조직원을 물리기 시작하자 친위대도 천천히 뒤로 물러나기 시작했다.

 두 조직이 물러나자 상어는 천천히 걸어가 왼손을 가볍게 내리고 오른손을 주먹을 쥐어 자신의 턱쪽으로 가져다 대며 싸우기 위한 자세를 취하기 시작했다.

칼치 또한 상어와 대치하는 위치로 천천히 걸어가 자신 또한 자세를 잡고 상대를 노려보았다.

두 사람의 대치상태가 순식간에 이루어졌고 서로를 노려보며 기 싸움이 벌어지기 시작했다.

"백상어의 실력을 이제야 구경하게 되었네."

"나도 인천의 칼치의 실력을 봐서 좋다."

둘은 가볍게 인사를 나누곤 바로 공격을 위한 상대 분석에 들어가기 시작했다.

칼치가 보기에 상어는 결코 자신이 쉽게 이길 수 없는 상대라는 것을 느끼고 있지만 쉽게 지지 않을 자신이 있어 상어의 허점을 찾기 위해 최선을 다해 그를 살폈다.

상어 또한 칼치를 무시할 수 없는 상대라 생각하여 최선을 다해 싸우려 진심으로 적을 바라보았다.

최근 상어는 성호의 상대를 하며 부족한 부분들을 하나하나 채워가며 배워나가는 중이었다.

그로 인해 자신의 무위에 진전이 있어 자신감으로 충만한 상태였다.

서로를 확인하기 시작한 두 사람은 기회를 엿보며 대치중인 두 호랑이처럼 서로 한 바퀴 빙글 돌았다.

두 사람의 대결을 보고 있는 조직원들은 손이 땀이 흐르는 것도 모른 채 구경을 하고 있었다.

어쩌면 싸우는 두 사람보다 구경하는 사람들이 더 많이 긴장을 하고 있는지도 모르는 순간이었다.

반면 성호는 상어를 보며 충분히 먼저 자신이 선공을 가해도 이길 수 있음에도 불구하고 너무 신중하게 대응하며 굳이 끌 필요가 없는 시간을 끌고 있는 것으로 보였다.

그러한 상어의 모습을 보며 성호는 아직 그가 좀 더 많은 수련을 쌓아야 할 만큼 그 무학의 진취 정도가 부족하다고 여겼다.

자신이 가장 아끼는 수하인만큼 결코 남들에게 꿀리는 모습을 보여서는 안 된다는 게 성호의 지론이다.

이것이 바로 성호 스타일이기도 하고 말이다.

"흠, 조금은 더 수련을 해야겠다. 선공을 가해도 충분한 상대에게까지 신중을 기하다니."

성호는 그렇게 판단을 내리곤 이번 전투가 끝나면 이들을 좀 더 수련시켜야겠다는 마음을 굳혔다.

아직도 전국을 통일하려면 시간이 필요하다.

그리고 여러 차례 전투를 벌여야만 한다.

그러한 것을 생각한다면 아직 조직원들의 실력을 더욱 키울 필요성을 느끼고 있는 것이다.

성호의 시선에서 볼 때는 모든 것이 부족하게만 느껴질 뿐이었다.

전국을 통일한 이후 나중에 무너지는 일이 없기 위해서는 이러한 것이 필수라 생각을 했다.

뿌리 깊은 나무가 본디 심한 바람에도 쉽게 흔들리지 않는 법이다.

강한 힘을 바탕으로 한 조직은 그만큼 쉽게 무너지지 않을 것은 자명한 일이었다.

성호가 이러한 생각을 하고 있을 때 상어의 공격이 먼저 시작되었다.

상어가 먼저 칼치의 허점을 포착한 것이었다.

그렇다곤 해도 칼치가 만만치 않은 실력을 가졌는지 어렵지 않게 방어를 해내며 바로 반격에 나섰다.

팍팍!

공방이 치열하게 오가기 시작하자 주위를 둘러싸고 있는 모두의 시선이 두 사람의 움직임에 고정되어 눈 한 번 깜빡이지 않았다.

상어는 칼치의 주먹을 가볍게 제치면서 바로 발로 칼치의 다리를 공격하였다.

퍽!

"윽!"

칼치는 상어의 로우킥에 강한 통증을 느꼈지만 참으면서

바로 뒤로 물러서게 되었다.

하지만 상어는 잡은 기회를 쉽게 놓치는 멍청이가 아니었기에 계속해서 공격을 하였다.

백상어의 장점이자 주특기이라 할 수 있는 연환 공격이 시작된 것이었다.

백상어는 한 번 공격의 흐름을 잡으면 팔다리를 멈추지 않고 쉴 새 없이 공격을 이어나가는 것으로 유명했다.

특히나 그 공격이 매섭고 빠르기 때문에 한 번 그의 공세가 시작되면 상대는 반격할 틈을 찾지 못한 채 방어만을 이어나가다가 결국엔 무너지게 되는 것으로 명성이 자자했었다.

나름 노련한 싸움꾼이라 할 수 있는 칼치가 뒤로 물러난 것을 몹시 후회할 정도로 상어의 공격은 틈을 주지 않은 매서움과 강함이 있었다.

칼치는 최대한 피해를 입지 않으면서 상어의 공격을 방어하고 있었다.

조금 전에 허용했던 다리 하단 공격에 의해 둔해진 다리에 재차 상어의 발을 허용하면서 둘 사이의 균형이 무너지는 결과가 발생했다.

그 결과 상어가 휘두른 상단킥에 어깨를 허용하고 말았다.

퍽!

"크윽!"

상어는 예전에도 강한 힘을 바탕으로 하는 공세를 취했지만, 지금은 이전보다 더더욱 강한 힘을 마련하여 공격을 이끌고 있었다.

그동안 성호가 상어의 수련을 돌보아준 덕분에 벌어진 진전이었다.

칼치는 상어에게 세 차례의 공격을 허용했고, 그 결과 상어 앞에 무릎을 꿇고 말았다.

"칼치, 너는 나에게 패배했다. 더 이상 하고 싶으면 일어서서 다시 덤벼봐라."

칼치는 자신이 상어의 실력보다는 약하다는 사실을 인지하긴 했지만 이렇게 무참하게 패할 것이라고는 생각지 못했던 일이다.

그 충격에 정신이 멍해져 아무런 대꾸도 하지 못한 채 제자리에서 고개를 떨구고 말았다.

성호는 두 사람의 싸움 이전에 이미 상어가 칼치보다 실력이 한 수 더 위에 있음을 알고 있기에 무덤덤한 표정으로 두 사람을 지켜보았다.

별명 그대로 백상어와 갈치의 수준인 것이었다.

"너희 조직의 보스는 패했다! 부두파는 모두 들고 있는 연장들 다 팽개치고 당장 항복해라!"

사신인 성호가 크게 고함을 치자 부두파의 조직원들이 동요하기 시작했다.

이들은 칼치가 사신도 아닌 상어에게 패배할 것이라고는 미처 생각지도 못했기 때문이었다.

사실 외부로 알려지기론 칼치와 상어는 거의 비슷한 수준의 무위를 가졌다는 평가가 높았기 때문이다.

부두파의 간부들도 칼치가 이렇게 무너지고 나자 더 이상은 버틸 수가 없다는 사실을 뼈저리게 느끼고 있었다.

그러나 단지 항복한다고 해서 자신들의 안전이 확실하게 보장되는지도 모르는 상황일 뿐더러, 자존심이 그들을 막아서고 있었기 때문에 말도 꺼내지 못하고 눈치만 보고 있었다.

성호는 이들이 지금 망설이고 있음을 바로 알아차리고 바로 소리쳐 말했다.

"마지막으로 다시 한 번 이야기한다. 무기를 버리고 항복해라. 그렇지 않으면 항복할 의사가 없다고 판단, 대항하는 모두를 병신으로 만들어 주겠다."

건달들 사이에서 사신의 처분에 대해서는 상당히 유명했다.

자신에게 저항하거나 공격해온 대상들을 처참하게 박살을

내고 생활 자체가 불편해질 만큼 망가뜨린다는 사실은 사신의 이름을 접한 이들이라면 누구나 그렇듯 잘 알고 있는 점이었다.

그러나 자신들에게 처음부터 항복한 조직들에 대해서는 관대한 처벌을 내리는 것을 알고 있기에 부두파의 조직원들의 눈가가 잘게 떨리기 시작했다.

이러한 조직원들의 동요가 있든 없든 간에 칼치는 자신의 패배 앞에서 여전히 정신을 차리지 못하고 멍한 표정으로 땅과 상어를 번갈아 바라볼 뿐이었다.

시간이 흐르고 선뜻 쉽게 나서는 사람이 없는 가운데, 부두파의 한 간부가 사신인 성호의 얼굴이 점점 차가워지는 것을 보고는 자신도 모르게 소리를 질렀다.

"모두 무기를 버려라. 우리는… 졌다."

간부의 고함이 조직원들의 마지막 남아 있던 자존심을 무너지게 하였는지 조직원들이 가지고 있던 무기를 떨어뜨리기 시작했다.

뎅그렁.

한 개의 무기가 떨어지는 소리가 이들에게 더 이상 무기를 들지 못하게 하였는지 이내 저마다 하나둘 무기를 버리기 시작했다.

뎅그렁, 탱그렁.

짤강, 타악.

이렇게 성호는 부두파를 접수가 시작되었다.

막상 이렇게 정복하고 나니 성호는 이들을 어떻게 처리할 것인가에 대하여 고민하기 시작했다.

서울을 전부 정복했다고는 하지만 성호가 생각하기에 진성의 인원은 아직 부족하다 여겼다.

그렇기에 부두파에 속해 있는 조직원들을 흡수해야 할 필요성을 느꼈다.

일전에는 누구도 받아들이지 않을까 생각하기도 했지만 역시 조직이 커지기 위해선 흡수라는 측면이 강력히 필요함을 인정할 수밖에 없는 성호였다.

뿐만 아니라 이들이 부두파를 나가게 되면 언젠가 결국 다른 조직을 만들어 자신에게 대립각을 세우리란 생각이 들어서였다.

관리해야 하는 지역이 넓어지는 점도 이러한 고민과 맞물려 있었다.

부두파가 장악하고 있는 인천 안에 있는 여러 군소 조직들이 활개를 치지 않으려면 강력한 힘과 통제력을 가진 조직 규모의 세력이 인천 안에 필요했다.

이런 고민에 성호가 쌓여 있을 때, 백상어는 칼치의 처지를 생각하곤 조금은 불쌍한 기분이 들었는지 아니면 성호의 마음을 눈치챈 것인지 성호에게 입을 열었다.

"사장님, 여기 칼치의 실력도 상당한 실력을 가지고 있으니 인천을 칼치가 다스리게 하는 것이 좋지 않습니까?"

상어는 처음으로 부탁하고 있었다.

칼치와 대결을 하면서 정이 들은 것은 아니지만 자신이 알기론 칼치가 부두파와 더불어 인천을 점령할 수 있었던 가장 큰 이유가 조직원들을 잘 관리하고 믿음과 신뢰를 쌓아왔기 때문임을 잘 알고 있는 탓이기도 했다.

실제로 부두파에 대해 부두파 조직원들이 내세우는 말이 '의리로 뭉친 칼치와 수하들' 이란 표현이었으니까.

이러한 소문이 돌 정도라면 그가 가지고 있는 수하들에 대한 장악력과 충성심은 굳이 말로 표현할 필요가 없다 생각했다.

그런 신뢰를 얻는 보스라면 절대 조직원들을 힘들게 하지 않을 것이고, 자신의 입장과 위치가 바뀐다한들 잘 이끌어낼 것이라 여겼기 때문이다.

그리고 성호가 생각하는 미래의 진성을 만드는 데에 많은 도움이 될 수도 있다는 생각이 들어서였다.

성호 또한 인천의 조직에 대해 고민을 하고 있던 터라 상어의 의견을 무시하지 않고 바로 칼치에게 다가가 말을 꺼냈다.

"칼치, 내 밑으로 들어오겠나?"

성호의 목소리에 정신을 차린 칼치는 바로 대답을 하지 못하고 조심스럽게 성호를 보았다.

부두파는 진성에게 패했기에 자신이 그 밑으로 들어가든 들어가지 않든 부두파라는 존재가 이미 사라져 버릴 것이라 생각하고 있는 그였다.

이미 이 조직의 뿌리를 진성이 뽑아버렸다 여기는 그였으니까.

하지만 문제는 자신이 지금 사신의 밑으로 가지 않겠다고 한다면 아마도 자신은 이제는 더 이상 조직 생활을 넘어 건달로서의 삶 자체를 유지할 수조차 없을 것을 잘 알고 있어 갈등할 수밖에 없었다.

조직을 생각하자니, 자신이 죽을 지경이고, 자신을 생각하자니 조직의 수하들이 걱정되었다.

그러나 사신인 성호의 눈빛을 보니 자신이 내릴 수 있는 선택은 오직 하나밖에 없다 여겨졌다.

성호의 눈빛은 차가우면서 냉혹해 보이다 못해 그 빛깔만으로도 충분히 자신을 죽일 수 있을 듯한 착각에 빠져 들었다.

온몸이 망가진 채 병신이 되어 살아가는 것보다야 여기서 한 수 접고 강자인 그의 밑으로 들어가는 것도 나쁘지 않을 듯했다.

 힘을 숭상하는 건달이니만큼 그가 만약 전국을 지배한다면 자신의 판단 또한 정당화되리라 믿으며.

 칼치는 몸을 일으켜 정중하게 인사를 하였다.

 "인천의 칼치가 형님께 인사를 드립니다. 제 수하들도 함께 받아주십시오, 형님."

 칼치가 사신의 밑으로 들어가자 부두파의 조직원들은 모두 성호를 향해 무릎을 꿇었다.

 그들로선 어차피 더 이상 자신들의 힘으로 어쩔 수 없는 상황이었다.

 그리고 사신의 처벌이 솔직히 무섭기도 했고 그야말로 본능처럼 벌어진 일이었다.

 지금 현 상황이 만족스러운지 성호가 말했다.

 "이제 더 이상은 우리 사이에 전투는 없다. 우리는 모두 진성이라는 이름만을 가진 채 살아가게 될 것이다. 부상자는 최대한 빨리 이송하도록 해라. 그리고 앞으로 사장님이라 부르도록."

 "예, 사장님."

 성호의 지시로 쓰러져 있는 부상자는 모두 병원으로 이송되었고 성호는 칼치와 간부들을 데리고 전부두파의 사무실로 향했다.

인천의 부두파는 그렇게 사신의 세력으로 흡수되었고, 이 소식을 전국으로 빠르게 전해지기 시작했다.
어느 아침의 일이었다.

Chapter 02
전국의 조직들이 불안해하다

태클
걸지 마!

 인천의 부두파를 강남의 진성이 흡수하였다는 이야기가 전국의 조직 연합에게 알려지게 되자 강하게 반발들을 하고 나서게 되었다.
 꽝!
 "아니! 진성이 인천을 흡수하는 동안 어떻게 아무런 정보도 듣지를 못할 수가 있는 거요?"
 "백곰 형님, 진정하십시오. 이번 인천의 부두파는 진성이 비밀스럽게 움직이는 바람에 아무도 눈치채지 못한 상황에서 모든 일이 종료되었다고 합니다."

"이, 이 미친놈들이 도대체가……! 인천까지 흡수를 해서 어쩌자는 말인가?"

진성의 힘이 강한 것은 알지만 인천까지 흡수를 하였으니 이제 수원이나 안양 등지에 있는 조직들은 절로 움츠러들 수밖에 없게 되었기 때문이다.

이들의 힘으로는 진성의 공격을 막을 수가 없었고 막을 힘이 없었다.

"다른 지역의 조직들은 어쩌고 있답니까?"

서울의 인근에 있는 지역이라고 하면 가장 먼저 의정부나 동두천 같은 작은 지역이 있었기에 하는 소리였다.

게다가 인천이 진성의 수중에 떨어졌으니 그 근방에 있는 시흥이나 부천과 같은 곳에 거하는 매우 작은 군소집단까지도 긴장할 수밖에 없는 지경이 되었다.

전국 연합조직은 지금 대전에 모여서 진성의 행보에 촉각을 세우고 있었다.

그리고 그들이 보기에 다른 지역은 몰라도 수원만큼은 절대로 진성에게 내어주어선 안되는 지역이었다.

수원이 진성에게 무너지게 되면 바로 천안까지 이어지기 때문에 무슨 수를 써서라도 막을 수밖에 없는 것이 그들의 입장이었다.

"의정부는 이미 진성에게 항복을 하자는 것으로 이야기가 진행되고 있다고 합니다."

"하기는 의정부야 그리 세력이 강하지 않으니 진성이 움직이기만 해도 무너질 수밖에 없지요. 충분히 이해는 갑니다."

각 지역의 세력에 대해 알고 있었기에 하는 소리였다.

그리고 자신들이 의정부나 그쪽 지역으로 힘을 빌려줄 수가 없었기 때문이기도 했고 말이다.

물론 이들은 전혀 알지 못하는 사실이지만 진성의 성호는 당장 세력을 빠르게 모을 생각을 하지 못하고 있었다.

성호는 인천의 부두파를 합치면서 아직은 진성의 힘이 부족하다는 것을 피부 깊숙이 느끼고 있었던 것이다.

지방의 조직을 부수어 내리기만 한다면 지금도 충분히 가능하다.

그러나 그 조직들을 유지하려면 아직은 부족한 점이 많아 보였다.

더군다나 지역이 확장되면 될수록 신경 써야 할 것이 많아 그만큼 집중이 떨어질 수도 있기에 나오는 고민인 것이다.

그런 점에서 지방의 조직이 연합하였다는 사실을 성호는 다행으로 여기고 있었다.

단지 타이밍을 노리고 있을 뿐.

이러한 성호의 의중을 알지 못하는 조직 연합의 회의는 계속되었다.

"진성이 인천을 흡수하였으니 당분간을 바로 움직이지는 않을 테지요. 정비는 필요할 테니까요. 이건 아마 그나마 다행인 부분일 겁니다. 우선은 우리도 준비를 하여 최소한 수원을 방어하도록 합시다."

"그렇습니다. 수원까지 진성이 흡수를 하면 우리 지방도 힘들게 될지 모릅니다."

의정부나 이쪽은 이미 포기를 하였으니 어쩔 수 없다고 하지만 수원은 상황이 달랐다.

앞서 언급한 것처럼 천안까지 단번에 밀려나게 되는 점도 그럴 뿐더러 각 지방으로 갈 수 있는 지름길이 바로 수원이라 이들은 자신들의 지역보다는 최선 방어선으로 선정한 것이다.

"그런데 진성이 이렇게 움직여도 어째서 검찰에서는 그들을 그냥 보고 있는 것이오? 다들 인맥 없소?"

"나도 알고 있지만 진성도 인맥이 있는지 이미 여러 차례 검찰에 찔렀는데도 아무런 일이 없는 것을 보니 우리보다 더 윗줄을 잡고 있는 모양입니다."

건달 조직이라고 해도 정치인이나 검찰 등 권력자를 모르고 사는 것은 아니었다.

이들도 나름의 인맥을 가지고 있었고 그런 인맥을 이용하여 진성을 찔러 보았지만 아직도 진성이 힘차게 움직이고 있었다.

 이를 보고는 자신들이 알고 있는 것보다 상위의 줄을 진성이 대고 있다고 생각하고 있는 모양이었다.

 사실 이러한 상황은 한태민이 진성을 보호하기 위해 검찰에도 힘을 뻗어 국정원과 관계된 조직으로 진성을 소개하고 조사를 하지 않도록 협조를 구한 탓에 벌어진 일임을 성호조차 모르고 있었다.

 물론 그 이유에 대해 태민이 말을 해줄 수도 없는 일이었고 말이다.

 어쨌거나 한태민의 보이지 않는 도움으로 인해 진성이 검찰에 알려지기로는 국정원에 협조하는 조직으로 모든 것이 국정원과 밀접하게 관련한 공무로 연결되는 상황인 것이다.

 그러니 조사를 안 할 수밖에.

 "이미 인천은 진성에게 흡수를 되었으니 더 이상 인천은 이야기도 말고 우리의 관심에서 제합시다. 다들 느끼고 있겠지만 이제 우리는 수원을 확실한 방어선으로 정해야 합니다. 우리 모두의 힘을 수원에 집중시키는 게 어떻습니까. 그러는 편이 지금으로선 가장 최선일 듯한데."

 "나도 찬성이오."

 "가장 좋은 방법 같습니다."

 여러 조직의 보스들은 수원을 마지노선이라고 생각하고

있었고, 인천의 일이 있고 나니 기 싸움을 하고 있던 지금까지의 모습으로선 아무런 대책이 서지 않을 듯싶어 다들 여기에 동의했다.

그리고 이번에 새롭게 만들 별동대도 마찬가지였고 말이다.

지방 조직 연합은 그렇게 처음으로 만장일치의 결정을 내리곤 신속하게 실행에 옮기기 시작했다.

아직은 시간이 있다고 하지만 솔직히 세상은 무엇이 어떻게 될지 모르는 일이니 말이다.

* * *

인천을 정리하는 데 시간을 투자한 성호는 며칠이 지나 다시 강남으로 돌아왔다.

성호가 돌아왔을 때 강남의 진성 사무실에는 진성의 간부들이 모두 모여 있었다.

성호는 자신을 환영하는 간부들을 보며 천천히 입을 열었다.

"지금까지 나의 뜻을 따라와 줘서 고맙게 생각한다. 덕분에 우리는 인천까지 흡수하게 되었다."

"축하드립니다, 사장님."

"사장님, 축하합니다."

간부들은 인천을 진성의 영역으로 만든 것을 축하하고 있었다.

이들도 인천을 자신들의 구역으로 만든 사실에 가슴이 떨리고 흥분이 되었기 때문이다.

강남의 세력에서 이제는 전국의 모든 조직이 겁을 내는 그런 조직으로 변해 버렸다.

"하지만 이번에 인천을 장악하면서 나는 한 가지 부족한 점을 알게 되었다. 우리에게는 다른 지방 조직을 흡수할 수는 있지만 부수고 갈 수는 없다는 것을 뼈저리게 느끼게 되었다. 내 앞에 무릎 꿇은 부두파를 보고 있는데 문득, 어느 한 조직이 부서지게 되면 반드시 다른 조직이 생기게 되는 생리를 깨달아버렸거든."

성호의 말에 간부들은 성호의 말을 알아듣지를 못하였는지 의아한 눈빛을 보내며 그를 바라보고 있었다.

단지 상어만이 성호가 하는 이야기가 어떤 의미를 가지고 있는지 파악하고는 눈빛을 빛내고 있었다.

"예전에 언급하셨던 것처럼 다른 조직들을 흡수하지 않고 완전히 박살 내며 전진하시려던 것은 잘 알고 있습니다."

"나의 뜻을 따르지 않는다면 그렇게 해야 하지 않나?"

"그렇지만 새삼스럽게 그 한계점을 깨달으신 거로군요."

"그렇지."

성호는 자신의 생각을 그대로 이야기하기 시작했다.

그리고 성호의 말대로 박살을 내게 되면 그 지역을 관리할 인원을 두어야 하는데 강남은 힘이 강하기는 해도 아직은 그렇게까지 인원을 두기엔 턱없이 인원이 부족한 상황이란 것이다.

상어와 나누는 이야기를 듣고 나서야 간부들도 성호가 가진 걱정이 무엇인지 알아들었는지 함께 생각에 잠겨 고민하는 얼굴을 하기 시작했다.

다른 지방의 조직들을 완전히 박살을 내게 되면 간단하지만 그 지역을 관리할 것을 생각한다면 결코 단순한 문제가 아니었다.

성호는 이들이 자신의 이야기를 알아들었다는 것을 알고는 다시 말을 이어나갔다.

"그래서 고민을 했다. 지방을 바로 흡수한다면 그 순간만큼은 편하게 할 수 있을지도 모른다. 하지만 분열된 세력들을 껴안는 형태이기 때문에 언제 삐거덕거릴지 모르는 법. 그래서 지방의 세력을 흡수하기보다 우선 천천히 진성 그 자체를 키웠으면 하는 생각을 하게 된 것이다. 그만큼 순수한 진성의 인원을 늘리고 힘을 키우자는 이야기지."

"사장님 사실 지금도 지방의 조직들을 우리 진성의 행보를 두려워하고 있습니다. 그만큼 우리가 강하기 때문입니다."

"나도 알고 있다. 하지만 적을 부수고 가야 한다면 충분한 준비를 하는 것도 나쁘지 않다고 생각한다. 그리고 시간이 부족한 것처럼 다급하게 굴기보다는 더 많은 힘을 기른다는 생각에 맞추면 되지 않겠나."

솔직히 진성이 이대로 가만히 있는다 하더라도 다른 조직들은 감히 진성에게 시비를 걸지는 못할 것은 자명한 상태였다.

전국을 통일하지는 못했지만 실질적인 힘은 전국을 통일하였다고 보아도 무방하다는 이야기였다.

이미 다른 군소 조직들은 진성의 조직원들을 보며 부러운 시선을 보내고 있다는 사실을 상어도 알고 있었다.

"사장님이 그렇게 하시겠다면 따르겠습니다."

상어는 성호의 뜻에 따르겠다는 말을 하곤 가볍게 고개를 숙였다.

하지만 아직도 이해를 하지 못한 간부들은 무슨 소리인지 파악을 하지 못해 어리둥절한 얼굴을 할 뿐이었다.

"다른 간부들은 설마 딴생각을 하고 있는 것인가?"

성호의 얼굴이 차가워지며 묻자 간부들은 기겁하며 대답을 하였다.

"아닙니다. 사장님의 뜻대로 하십시오."

감히 사신의 뜻을 따르지 않겠다는 말을 하는 간부는 없었다.

이들에게는 사신의 말이 법이었기 때문이다.

물론 성호가 차갑고 냉혹하게 하는 바람에 모두가 수긍했지만 성호가 원하는 대로 움직이기 위해서는 조직원들이 반발하거나 불만을 표하면 안 되는 일이었다.

자신들의 기득권이 줄어들까 걱정하며 나중에 볼멘소리를 내는 사람이 없기 위해선 지금 확실히 할 필요가 있기 때문이다.

결국 성호가 원하는 대로 조직의 인원을 더 늘리기로 결정되었다.

"다른 조직들의 움직임을 어떤가?"

"지방 조직 연합은 지금 수원으로 조직원들을 보내고 있다고 합니다. 아마도 수원을 우리 진성에게 넘기지 않으려고 하는 것 같습니다."

"수원을 그들을 최후의 보루라고 생각하는 모양이지?"

"아마도 그런 것으로 보입니다. 수원이 지방으로 가는 중심 길이기 때문일 것입니다."

"그러면 수원을 제외한 다른 지역은 사람을 보내 알아서 항복하도록 권유해라. 아마도 우리의 힘을 알고 있으니 쉽게 항복을 받을 수가 있을 것이니 말이다."

"그렇게 하겠습니다, 사장님."

상어도 성호의 말대로 다른 지역은 쉽게 항복할 것으로 예측했다.

건달의 수가 상당히 많은 지역인 인천이다.

그런 인천이 진성 앞에 이렇게나 쉽게 무너지는 모습을 본 이상 다른 지역의 이들은 결코 전쟁을 원치 않을 것은 분명해 보였기에 이러한 판단을 내렸다.

"그리고 내가 당분간 힘을 기르자고 하는 이유는 아까 한 말도 있지만 또 하나의 이유가 더 있다."

"그게 무엇입니까?"

"가장 중요한 것은 검찰의 이목을 피하기 위해서. 이 정도가 된다면 분명히 걸고넘어지려 할 법도 한데 반응이 없다. 하지만 그렇다고 검찰의 시선이 없을 리는 없을 터. 인천을 접수한 이상 당분간은 검찰의 시선이 더 강해질 것 같다는 기분이 든다. 그러니 자중하는 것이 낫겠다는 판단을 내렸다. 다들 내가 하는 말의 의미, 알겠나? 짭새를 피하자는 이야기다."

성호의 말에 간부들은 눈빛을 반짝였다.

이들도 사법부의 표적이 되면 어떤 결과를 가지고 오는지를 알고 있었기에 이번만큼은 매우 확실하게 이해를 한 것이었다.

건달 세계에서 사법기관은 결코 무시할 수 없는 대상이므로.

가장 많이 부딪치는 경찰들을 휘두르는 가장 무서운(?) 대상이 바로 검찰이기에 더욱 몸을 사리는 듯한 반응을 보이며 저마다 간부들이 말했다.

"예, 사장님."

"알겠습니다. 사장님."

간부들의 얼굴이 밝아지는 것을 보고 성호는 속으로 웃음만 나왔다.

생각보다는 참 이들이 순진하다는 생각이 들어서였다.

그렇게 회의를 마치고 앉아 있는데 성호의 핸드폰이 울렸다.

드드드ㅡ

성호가 핸드폰을 보니 한태민의 번호였다.

"여보세요."

"바쁘지 않으면 좀 만났으면 하네."

"알겠습니다. 장소를 이야기해 주시면 가도록 하겠습니다."

"전에 만났던 장소로 저녁 일곱 시까지 오게."

성호가 인천을 접수하고 정리를 하고 있을 무렵, 한태민은 천우회와 관련한 묘한 감을 받은 상태였다.

천우회와 전쟁을 하여 승리하기는 했지만 천우회가 요즘 집요하게 무언가를 조사하기 위하여 한국으로 입국했다는 소식을 우연찮게 접한 것이다.

 그리고 이는 아마도 자신들의 정보의 근원지가 어디인지를 파악하기 위해서 내린 조치일 것이라 여긴 한태민은 성호에 대하여 이들이 조사할 수 있다고 판단하여 연락한 것이었다.

 단순하게 작은 지부 하나가 공격받은 정도가 아니라 사실상 한국 내에서의 천우회의 조직이 궤멸되다시피한 지금이다.

 그런 상황에서 일본의 천우회가 자신들의 정보가 어디에서 새어나갔는지 조사를 하지 않을 수 없음은 어찌 보면 지극히 당연한 일이라 할 수 있었다.

 뿐만 아니라 더욱 태민의 감을 날카롭게 만든 이유는 자신과 더불어 천우회를 박살 내었던 비선문의 인물들이 정체를 알 수 없는 인원들에게 자주 습격을 받기 시작한 점 때문이기도 했다.

 비선문의 사람들은 한태민이 생각하기에도 강한 사람들이었는데 그런 이들이 개인적으로 습격을 받아 사망하는 사태가 벌어지고 있었다.

 그러니 한태민의 입장으로서는 솔직히 공포심이 생기지

않을 수가 없는 것이다.

 진급도 좋지만 죽고 나서 진급을 하면 무슨 소용이 있겠는가 말이다.

 한태민이 이번에 새로이 야망을 가지게 된 이유는 지극히 개인적인 이유다.

 앞으로 남아 있는 여생을 공권력을 잘 활용하여 편하게 살기 위해서지, 죽음의 공포와 맞서기 위해서는 결코 아니었다.

 아직 딸내미의 결혼식도, 손주도 보지 못했는데 죽을까 보냐.

 천우회는 분명 자신들의 정보를 준 대상을 찾기 위해 비선문의 무인들을 향해 무차별 암살을 감행하고 있는 중이었다.

 이 탓에 비선문에서도 지금 비상이 걸려 절대 개인 단독으로 활동하는 것을 지양하는 명령이 내려진 상태였다.

 그런 무인들과 달리 일반인에 불과한 한태민으로선 점점 천우회의 위험한 무력을 체감하는 셈이니, 자신도 모르게 공포심을 느끼게 되었기에 성호에게 연락하게 된 것이다.

 도움을 받기 위해서 말이다.

　　　　　＊　　　＊　　　＊

 성호는 한태민이 기다리고 있는 장소에 도착했을 무렵, 한태민의 얼굴 표정은 자신이 생각했던 것보다 더 많이 안 좋아 보였다.

"무슨 일이 있으십니까? 안색이 그리 좋지가 않네요?"

"어서 오게."

태민이 성호에게 자신의 앞자리를 권했고, 성호가 앉아 바로 본론으로 들어갔다.

"자네가 준 정보를 이용하여 한국에 있던 천우회 지부를 모조리 정리할 수가 있었네. 고맙다는 말을 전하고 싶네. 그렇지만 문제가 좀 더 생겼어. 지금 일본의 천우회 놈들이 한국으로 와서 비선문의 무인들을 무차별 암살하는 탓에 골치가 아파졌네."

한태민은 자신이 공포를 느끼고 있다는 말을 할 수가 없어 돌려 말을 하고 있었다.

"천우회의 총단에서 나온 놈들이겠군요."

"자네는 총단이 어디에 있는지를 아나?"

한태민은 성호의 대답에 다급하게 물었다.

"저도 그들의 총단에 대해서는 아는 것이 없습니다."

성호는 총단에 대해서는 자신도 아는 것이 없으니 그대로 말을 해주었다.

그러자 한태민의 얼굴은 다시 전과 같이 어두운 안색으로 변해 버렸다.

"사실, 자네를 보자고 한 이유는 천우회가 지금 자신들에 대한 정보를 어디서 얻었는지를 캐고 있어서네. 이들은 자신들의 정보를 준 자네를 찾고 있다는 말이네. 그것밖에는 그들의 행보를 설명할 길이 없네."

성호는 한태민이 눈빛을 보며 지금 그가 천우회에 대한 공포심을 가지고 있다는 것을 알았다.

한국의 지부를 정리하는 순간 이런 일이 생길 것으로 성호는 이미 짐작을 하고 있었기 때문에 한태민의 말에도 태연하게 있을 수가 있었다.

"저에 대한 이야기를 하셨습니까?"

"아직은 자네가 나에게 정보를 주었다는 것을 아무도 모르고 있네. 하지만 시간이 지나면 아마도 나를 찾아오겠지. 우리나라 정치인들까지 자신들의 수하처럼 부리던 끔찍한 놈들이니 말이야."

결국 자신을 찾아오면 비밀로 할 자신이 없다는 이야기였다.

성호는 그런 한태민을 보고 속으로 한심하게 느껴졌다.

저렇게 비겁한 사람이 속으로 어떻게 야망을 키우고 있었는지 이해가 가지 않았다.

"정 그렇게 겁이 나시면 그들이 만약에 찾아온다면 비밀로 하시지 말고 말을 해주십시오."

성호는 한태민이 무엇 때문에 자신을 만나자고 한 것인지를 금방 파악하게 되었다.

그렇다고 해서 한태민이 원하는 대로 움직여 주고 싶은 생각은 전혀 없었다.

단지 공개하라 말한 건 천우회는 어차피 자신과 정리해야 하는 부분이 있기 때문이었다.

그들이 스스로 성호 자신을 찾아온다면 그로선 오히려 더 편하기 때문이었다.

한태민은 성호가 한 말에 기분이 상했는지 대번에 얼굴색이 달라졌다.

"비선문의 무인들이 죽어 나가는데 아무렇지도 않은가?"

"그들과 저는 아무런 사이가 아니지 않습니까?"

"물론 아무런 사이가 아니기는 하지만 그들도 한국인이네. 자네가 천우회에 대한 자료를 주지만 않았어도 그들이 죽는 일은 없었을 것이네."

"제가 정보를 드린 덕분에 저들을 정리할 수가 있었던 것 아닙니까? 저는 그렇게 알고 있는데요."

성호의 대답이 한태민의 입장에서는 아주 얄밉게 들렸는지 한태민의 눈빛이 조금씩 달라지고 있었다.

처음에는 공포로 가득한 눈빛이었는데 지금은 평소 보이던 야비함이 가득 들어찬 그런 눈빛이었다.

전형적인 권력자의 눈빛을 하고 있는 한태민이었다.

"그러면 자네는 전혀 책임이 없다고 하는 소리인가?"

"아니, 정보를 드리고 제가 무슨 책임이 있다는 소리입니까?"

성호는 한태민이 하는 말에 어이가 없다는 표정을 지었다.

한태민은 강 건너 불 보듯 무심하게 말하는 성호의 말에 냉정을 잃어 자신이 실수하고 있다는 사실을 깨닫지 못한 것 같았다.

그는 성호의 말에 잔뜩 인상을 쓰고 있었던 것이다.

"내가 알기로는 자네도 상당한 실력을 가지고 있는 것으로 알고 있어서 일본의 천우회를 찾아가 상대해 주었으면 했는데 내가 잘못 생각한 모양이네."

한태민이 가지고 있는 정보에 의하면 성호가 중국에 가서 상당한 활약을 하였다고 들었기 때문에 꺼낸 말이었다.

물론 일부 잘못된 정보일 수도 있다는 점을 한태민도 이해는 한다.

그렇다 하더라도 지금까지의 성호를 돌이켜 본다면 그 실력이 제법 좋다는 것은 확실해 보였다.

그래서 자신을 보호해줄 것이라고 생각하고 있었는데 성호가 너무나 무심하게 대꾸하는 모습을 보이자 기분이 상해 버린 것이다.

"제가 천우회를 혼.자. 어떻게 상대를 할 수가 있겠습니까? 저는 혼.자.고. 그들은 단체인데 말입니다."

성호는 자신은 혼자라는 말을 재차 강조하며 대답을 해주었다.

천우회가 자신에 대해 알게 되어 찾아오는 것은 어쩔 수 없지만 일부러 그들을 찾아간다는 것은 솔직히 그렇게 좋게 받아들여지지가 않아서였다.

한태민도 성호가 혼자라는 것을 알고 있기에 지금 성호가 하는 소리를 들으면서 충분히 심정을 이해는 했다.

하지만 자신이 지금 위험해지니 성호의 기분보다 자신의 안전을 생각하지 않을 수 없는 노릇이었다.

"내가 말하는 것은 자네가 혼자 천우회를 상대하라는 것이 아닐세. 자네가 비선문의 무인들과 합류한다면 천우회를 상대하기가 더 쉽지 않겠냐는 말이네."

한태민은 결국 본심에 있는 말을 하게 되었다.

오늘 성호를 만나자고 한 이유가 바로 이것이었다.

성호가 비선문의 무인들과 함께 천우회를 상대해줄 것을 요구하기 위해 온 것이기 때문이다.

그렇게 되면 비선문에 성호가 알고 있는 정보를 주게 될 것이고 천우회는 한태민이 아닌 성호에게 정보가 나온 것으로 더욱 명확하게 알아차릴 것은 분명했다.

그렇게만 된다면 자신은 지금의 위험에서 벗어날 수 있게 되는 것이다.

성호는 한태민이 무슨 일로 자신을 만나자고 한 것인지를 이제야 파악을 하게 되었다.

'정말 상종 못할 사람이네. 처음에는 그렇게 보이지 않았는데 권력욕에, 자기 욕심으로 들어차면 사람을 저렇게 변하게 하는구나.'

성호는 한태민이 원하는 것이 무엇인지를 알게 되자 정말 기분이 나빠졌다.

저렇게 비겁하게 살고 싶을까 하는 생각이 들 정도였으니 말이다.

그래도 죽고 싶지는 않은지 저런 계략을 생각해 내는 것을 보니 머리는 나쁘지 않아서 좋겠다는 생각도 들었다.

정말 친구의 아버지의 친구만 아니라면 이런 자리에 나오고 싶지도 않았다는 생각이 드는 성호였다.

기분은 상했지만 그렇다고 바로 표현할 수 없는 성호였기에 최대한 내색을 하지 않고 있었다.

"그러니까… 저보고 비선문의 무인들과 함께 천우회의 무인들을 상대하라는 말씀이시지요?"

"그렇네. 자네가 그렇게 해주면 내 진성의 앞길에 크게 도움을 주도록 하겠네. 검찰 등이 한동안 눈감아 주거나 하는 정도가 아니라 내가 국정원에 있는 동안 절대 진성의 편에 있어주겠네."

한태민은 성호가 지금 강남의 진성을 이끌고 있다는 것을 알고 있었고 진성이 어떤 행보를 하고 있는지를 알기에 그런 조건을 내걸은 것이다.

성호는 한태민의 도움을 받으면 검찰과 경찰의 눈을 피할 수가 있다는 것은 확실하기 때문에 결국 장기적인 안목을 봐서는 한태민의 말을 따르는 것이 도움이 된다고 생각하게 되었다.

어차피 정치적인 부분은 누군가의 도움을 받아야 가능하기 때문에 한태민 정도의 위치에 있는 사람이라면 상당한 도움이 될 수밖에 없다.

"알겠습니다. 그러면 제가 비선문의 무인들을 만날 수 있도록 자리를 만들어 주십시오."

성호는 비선문의 무인들과 솔직히 만나고 싶지는 않았지만 한국의 무인들이 천우회의 무인들에게 당하고 있는 꼴은 보고 있기 싫었다.

그렇기 때문에 결국 한태민의 뜻대로 움직여 주기로 결정을 내리게 되었다.

성호의 대답에 한태민의 얼굴은 화악 달라지기 시작했다.

걱정과 근심이 어린 그런 눈빛도 이제는 조금 밝아지고 있었으니 말이다.

"알겠네. 그들과 만나는 자리는 내가 내일이라도 주선을 하도록 하겠네."

"그럼, 자리가 마련이 되면 연락주십시오. 기다리고 있겠습니다. 오늘은 제가 다른 일이 있어 그만 일어서야겠습니다."

"하하하, 그렇게 하게."

한태민은 성호가 허락하자 기분이 너무 좋은지 기분 좋게 싱글벙글 웃으면서 대답을 하였다.

성호는 그런 한태민을 내심 비웃었지만 겉으로는 다른 얼굴로 대했다.

"그럼, 저는 이만……."

성호는 한태민과 잠시라도 같은 자리에 앉고 싶지가 않아 자리를 피하였다.

그런 성호의 내심을 모르는 한태민은 성호가 떠나고 난 뒤에도 한참 동안 입가로 미소를 그린 채 그렇게 자리를 떠나지 못했다.

비선문과 성호의 만남은 한태민이 서둘러 약속을 잡았는지 하루도 채 지나지 않아 바로 연락이 왔다.

성호는 오늘 비선문의 무인을 만나기 위해 움직이고 있

었다.

　강남의 진성은 당분간은 힘을 기르기 위해 자중하기로 결정된 이상 성호가 자리를 비워도 문제가 될 것이 없었다.

　성호가 가고 있는 곳은 예전에 왔었던 한정식 집이었다.

　성호의 차가 도착하자 정문에서는 정중하게 그를 맞이하며 안내를 해왔다.

　"예약을 하셨습니까?"

　"안에 한태민의 이름으로 예약이 되어 있을 겁니다."

　한태민이라는 이름을 말하자 남자는 흠칫하는 표정을 지으며 바로 물었다.

　"성함이 어찌 되십니까?"

　"김성호입니다."

　"안으로 들어가십시오."

　성호의 이름을 이미 언질해 두었는지 직원들은 바로 길을 열어주었다.

　성호는 주차를 시키고 한식집을 구경하며 안으로 들어갔다.

　성호가 도착하였다는 이야기를 들었는지 한태민은 방문 입구에 나와 있었다.

　"하하하, 어서 오게."

　한태민은 성호가 오자 아주 기분 좋게 웃으면서 맞이해 주었다.

성호는 한태민이 자신을 반기는 진짜 이유를 알고 있었기에 담담하게 인사만 하였다.

"예, 감사합니다."

성호는 한태민과 함께 방으로 들어가게 되었다.

방안에는 성호를 만나기 위해 비선문의 사람들이 와 있었는데 한태민으로부터 성호의 이름을 들은 한 장로와 다른 장로들이 그 안에 있었다.

한태민은 성호에게 비선문의 무인들을 소개해 주기 시작했다.

"여기 계시는 분들이 바로 비선문의 무인분들이시네."

성호는 한태민의 말에 정중하게 인사를 하였다.

"안녕하십니까. 김성호라고 합니다."

"어서 오시게. 이야기는 들었지만 얼굴을 보기는 이번에 처음이군그래."

한 장로는 이미 성호의 얼굴을 보았지만 이렇게 공식적으로 얼굴을 보기는 처음이었기에 하는 소리였다.

하지만 성호는 자신의 이야기를 들었다는 소리에 조금은 의아한 생각을 하게 되었다.

'한 차장이 이야기를 하여 들었다는 소리인가?'

성호의 눈빛에 의문스러운 빛을 하자 한 장로는 자신이 실수를 하였음을 깨달았다.

"허허허, 한태민 차장이 하도 이야기를 하여 하는 소리일세."

한 장로가 말을 바로 해석을 해주자 성호는 그제야 눈빛의 의혹이 풀었다.

"자, 내 소개부터 하기로 하지 나는 비선문의 한 장로라고 하네."

"나는 비선문의 정 장로라고 하네."

"나는 비선문의 최 장로라고 하네."

모두들 이름을 빼고 성만 붙여 장로라고 하였다.

그런데 신기하게도 비선문의 장로들은 모두가 성이 달랐기 때문에 이렇게 성만 사용을 하여도 누가 누구인지 모두가 알 수가 있었다.

결국 지금까지 이들은 그렇게 인사를 하던 것이 습관이 되어 이 자리에까지 그리하게 되었던 것이다.

"자, 우선 자리에 앉아서 이야기를 하도록 하세."

한 장로는 인자한 얼굴을 하며 이야기를 하였다.

성호는 그런 한 장로의 말에 바로 자리에 앉았다.

한태민은 비선문이 요즘 천우회의 공격으로 많은 피해를 보고 있다는 사실을 알기에 천우회에 대한 정보를 성호가 이들에게 제공해 주기를 바라고 이 자리를 주선했다.

한태민도 성호가 실력이 있다는 것은 알지만 그렇다고 비선문의 장로들보다 강하다고 생각지는 않았기에 성호가 천우회의 정보를 비선문에 제공하는 선에서 마무리 짓기 위해 자리를 마련한 것이다.

그러나 이는 태민만의 생각이었고, 이미 그를 몰래 주시하고 있던 비선문의 장로들은 성호에 대한 여러 생각을 나누고 온 바 있었다.

성호는 자리에 앉아 비선문의 장로들을 보았다.

장로들의 내공이 다른 무인들보다는 많기는 하지만 아직도 성호가 보기에는 부족한 것들이 많아 보였다.

자신은 반지의 힘을 이용하여 지금과 같이 엄청난 내기를 가지게 되었지만 일반적인 사람들은 그런 기물이 없으니 운기법으로 내공을 쌓고 있었을 터였다.

해서 성호의 내기처럼 많은 양을 가지고 있을 수가 없었다.

"듣기로는 천우회에 대한 정보가 모두 자네에게 나온 것이라고 들었네."

성호는 한태민이 이미 비선문의 장로들에게 자신에 대한 이야기를 모두 하였다는 것을 알 수가 있었다.

"그렇습니다. 제가 혼자 천우회를 감당할 수가 없어서 한 차장님께 정보를 드렸습니다."

한 장로는 성호의 말을 들으면서 묘한 미소를 지었다.

한 장로가 알기로는 성호도 내기를 가지고 있는 무인이었기 때문이다.

다만 무슨 운기법을 사용하고 있는지는 모르지만 내기의 양을 자신이 파악하지 못해 말을 꺼내지 않고 있는 상황이었다.

"자네도 들었겠지만, 한국에 있던 천우회 지부는 모두 제거를 하였네. 그런데 그 앙심 때문인지 지금 우리 비선문의 무인들이 암살을 당하고 있는 실정이라네. 아마도 천우회의 일본 총단에서 오는 모양인데 거기에 대한 정보를 얻었으면 하네."

한 장로도 천우회에 대한 정보가 가장 급하기 때문에 성호에게 천우회에 대한 정보를 먼저 얻고자 하였다.

현재 비선문의 무인들은 암살이 자행되기 시작한 이후로 비상이 걸려 그 누구도 개인으로 움직이는 인물이 없는 상황이었다.

"제가 알고 있는 천우회의 정보는 한정적이라 솔직히 지금 움직이고 있는 사태에 대한 정보는 없습니다. 정보가 필요하시면 우선은 시간이 필요합니다."

성호는 자신이 정보를 캐내기 위해서는 시간이 필요하기 때문에 솔직하게 말을 꺼낸 것이다.

하지만 받아들이는 한 장로나 다른 사람들은 성호가 다른 곳에서 정보를 얻어 온다고 생각한 모양이었다.

한 장로는 말을 길게 끌어가고 싶지 않은지 성호를 보며 단도직입적으로 이야기를 했다.

"자네가 정보를 얻는 곳을 알려주면 우리가 바로 대금을 지불하도록 하겠네."

성호는 한 장로가 하는 말을 듣고는 이들이 무언가 오해를 하고 있다고 생각을 하였다.

'흠, 내가 다른 곳에서 정보를 얻어 온다고 생각하는 모양이네.'

성호는 이들이 차라리 그렇게 오해를 하고 있는 것이 좋겠다는 생각이 들었고 이를 잘만 이용하면 자신에게도 이득이 있을 것 같다는 생각이 들었다.

아직 이들이 모르는 천우회에 대한 정보를 자신이 가지고 있기 때문에 할 수 있는 판단이었다.

"말씀은 알겠지만 그렇게 할 수가 없습니다. 만약에 그렇게 했다가는 저도 정보를 얻을 수가 없게 되기 때문입니다."

성호의 대답에 한 장로는 성호가 정보를 얻는 곳이 어디인지 궁금한 눈빛을 하였지만 그렇다고 성호의 말을 믿지 않을 수는 없었다.

"그렇다면 천우회에 대한 정보를 얻으려면 얼마나 시간이 걸리겠나? 우리는 한시가 급한 상황이라네."

"저도 장담을 할 수는 없지만 최대한 빨리 정보를 얻도록 노력을 해보겠습니다."

성호는 진심으로 이들에게 빠르게 정보를 얻어주고 싶었다.

한국의 무인들이 희생 당하도록 내버려 둘 수는 없기 때문이었다.

성호의 눈빛에서 우러나오는 진심을 한 장로는 느낄 수가 있었다.

한 장로는 고개를 끄덕였다.

"알겠네. 노력을 해주겠다고 하니 기대를 해보겠네. 정보에 대한 이야기는 그만두고 자네의 실력을 한번 볼 수 없겠나?"

"예? 저의 실력이라고요?"

"그래 자네도 내기를 사용하는 것 같은데 우리 비선문에 와서 한 번 대련을 해보았으면 하는데 말이야."

성호는 비선문의 무인들에 대해 솔직하게 자신의 상대가 되지 않는다는 것을 알지만 그렇다고 장로들이 있는 자리에서 그렇게 말할 수는 없기에 말을 돌렸다.

"하하하, 제가 정보를 모으는 일에도 시간이 부족하기 때문에 대련은 나중으로 미루어야겠습니다. 지금은 대련을 하면서 시간을 보낼 수가 없을 것 같아 말입니다."

성호의 말대로 비선문의 무인들이 죽어나가는 상황에서 대련으로 시간을 낭비할 수는 없는 일이었기에 한 장로도 그 말에는 충분히 이해를 하였다.

다른 장로들도 같은 생각을 하였는지 고개를 끄덕이며 인정할 수밖에 없었다.

한태민은 비선문의 무인들과 만나면서 부담을 느끼지 않고 대하는 성호를 보니 솔직히 마음에 들지 않았지만 내색하지는 않았다.

자신이 원하는 것은 성호가 이들에게 정보를 주어 천우회가 비선문의 무인을 암살할 때 정보를 얻고 그로 인해 성호를 노리도록 만들려는 취지였다.

하지만 지금 비선문의 반응을 보니 성호를 보호하려는 것만 같아 심기가 불편해진 것이다.

자신을 보호해주려는 움직임은 단 한 번도 보인 적이 없는 비선문이 정작 성호에게는 호감을 보이며 호위로 나설 것만 같은 분위기를 풍기다니……

'나를 저렇게 보호하려는 움직임만 보였어도 내가 정보를 얻어주었겠지.'

한태민은 이미 날아간 것에 대한 미련을 가질 정도로 멍청한 인물은 아니었기에 성호에 대한 문제는 이제 그만 신경을 끊기로 마음을 먹었다.

한 장로는 성호에 대한 것을 최대한 꼼꼼히 배려있게 물었고 성호는 자신의 실력을 빼고는 거의 대부분을 그대로 이야기해 주었다.

이런 상황에서 성호는 비선문의 무인들과 좋은 관계로 지내는 것도 나쁘지 않다는 생각을 하였다.

이후 서로에 대한 많은 이야기를 마치고 기분 좋게 헤어진 그들이었다.

이제 성호에게는 천우회에 대한 정보를 모으는 일이 남았다.

물론 한태민은 버선문의 무인과 성호의 만남에 완전히 꾸어다 놓은 보릿자루가 되었기에 저 혼자만 기분이 상해 돌아갔지만 말이다.

성호는 집으로 돌아오면서 천우회에 대한 정보를 어찌 모을 것인지를 고민하였다.

태클 걸지 마!

성호는 천우회에 대한 정보를 모으기 위해 결국 다시 일본으로 가는 방법밖에는 없다고 판단을 하고는 조용히 아무도 모르게 일본으로 떠나게 되었다.

일본에 도착한 성호는 가장 먼저 천우회의 일본 지부를 먼저 찾아갔다.

자신이 알고 있는 일본 내의 지부들이 아직 폐쇄를 당하지 않고 유지하고 있는지를 확인하기 위해서였다.

이번에는 각 지부장을 잡아서 고문을 해서라도 총단에 대한 정보를 얻을 생각으로 일본에 온 것이다.

해서 최대한 많은 정보를 얻어서 돌아갈 생각이었다.

지난 일본에서 얻어온 각 천우회 지부에 대한 정보를 성호가 알고 있기에 각 지부를 찾아다니는 것은 어려운 일이 전혀 아니었다.

하지만 이미 자신이 공략했던 지부에 간다면 문제가 발생할지도 모르기에 아직 가보지 않은 지부들을 방문하기로 결심했다.

천우회 일본 지부가 있는 곳에 도착하자 성호는 자연스럽게 관광객이 되어 구경을 하는 것처럼 다녔다.

그렇게 해야 의심을 받지 않았기 때문이다.

성호는 일본 지부의 인원을 얼마나 있는지를 확인하기 위해 돌아다녔지만 예전에 비해 그 수가 너무나 적게 느껴졌다.

예전 지부들의 평균적인 인원을 떠올렸을 때 현재 일본 지부 내의 인원들은 상당히 적은 편이었다.

"흠, 놈들도 한국을 공격하기 위해 정예들을 따로 뽑은 것인가?"

성호는 지부의 인원이 생각보다는 적은 것 같아 그런 생각을 하게 되었다.

그리고 계속 지부장을 찾기 위해 정탐을 해보았지만, 전혀 성과가 나오지 않자 다른 인물을 찾기로 결심을 했다.

지부의 간부라면 어느 정도는 정보를 가지고 있을 것이라는 생각이 들어서였다.

 저녁이 되자 지부에 있던 인물들이 퇴근을 하기 시작하였고 성호는 다른 건물의 근처에 있으면서 이들 중에 적당한 상대를 탐색하고 있었다.

 이때 지부의 인물들 중에 한 명이 나오자 차가 오는 것을 확인할 수가 있었다.

 "호오, 저놈을 잡으면 되겠네."

 성호는 마침 적당한 상대가 눈에 보였기에 바로 놈을 잡기로 마음을 정하게 되었다.

 성호는 차량이 떠나는 것을 보고 빠르게 자신의 차를 타고 미행을 시작했다.

 성호도 혹시 움직일 것을 예상하여 렌트카를 준비해 두었기 때문에 쉽게 놈을 따라갈 수가 있었다.

 놈의 차는 한참을 이동하여 외곽에 있는 집들이 있는 곳으로 가고 있었다.

 성호는 천천히 놈의 차를 따라가고 있었고 놈의 차가 멈추는 것을 확인하고는 그냥 지나쳐서 적당한 곳에 차를 세우고 놈이 있는 곳으로 천천히 이동을 하였다.

 이미 집을 확인하였기 때문에 서둘러 움직이지 않아도 충분했다.

 성호는 놈의 차를 확인했고 놈이 집 안으로 들어가는 것을 보았기에 천천히 시간이 지나기를 기다리고 있었다.

아직은 초저녁이기 때문에 놈과 가족들이 자지 않고 있을 수가 있기 때문이었다.

성호가 그렇게 기다리는 시간이 되자 은밀히 움직이기 시작했다.

집 안에는 이제 잠을 자는지 기척이 느껴지지가 않았기에 성호는 주변의 카메라를 확인하고는 자신의 모습이 포착되지 않도록 유의하며 안으로 잠입하였다.

창문이 걸려 있었지만 성호에게는 내기를 이용하여 창문의 걸림쇠를 제거하는 것이 일도 아니었었다.

창문을 열고 안으로 들어간 성호는 가장 먼저 집 안의 구조를 먼저 확인을 하였다.

단독의 집이라 그런지 이 층은 없었고 모두 일 층의 주택이었기에 안방을 찾는 것은 쉬웠다.

성호는 안방에 있는 기척을 먼저 확인을 하였지만 이미 깊은 잠에 빠져 있는지 매우 고른 숨소리를 제외하면 아무런 소리가 없어 문을 열고 안으로 스며들었다.

안에는 성호가 보았던 남자와 아내인지는 모르지만 한 여자가 남자의 품에 안겨 자고 있었다.

성호는 두 사람의 수혈을 찔러 잠에 빠지게 하고는 남자만 어깨에 둘러메고 조용히 밖으로 나오게 되었다.

성호는 남자를 메고 자신의 차량이 있는 곳으로 경공을 사용하며 가는 동안 주변에서 이를 발견한 사람은 아무도 없었다.

차에 도착하자 성호는 남자를 뒷좌석에 던져 놓고는 빠르게 운전을 하여 자리를 떠나고 있었다.

성호가 도착한 곳은 외진 곳에 위치한 아무도 없는 산이었고 그런 산에 성호는 남자를 메고 올라가고 있었다.

어느 정도 올라가자 성호는 남자를 땅에 내려놓고는 남자를 깨웠다.

성호가 가볍게 손가락으로 찌르니 남자는 정신이 드는지 눈을 뜨기 시작했다.

남자는 정신을 차리고 보니 자신이 자고 있어야 할 집이 아니라는 것을 느끼고는 기겁을 하는 얼굴이 되어 버린 채 주위를 둘러보았다.

"어이 여기는 집이 아니니 놀라지 말라고."

"너… 너는 누구냐?"

남자는 자신이 지금 납치를 당했다는 사실을 믿어지지가 않는 얼굴을 하고 있었다.

"내가 무언가 알고 싶은 것이 있어서 그런데 혹시 알고 있는지 확인하기 위해 잡아 온 것이야."

성호는 아주 친절하게 남자에게 자신이 납치를 한 목적에 대해 알려주는 서비스를 발휘하였다.

남자는 성호가 알고 싶은 것이 있어 자신을 납치하였다는 말에 순간적으로 한 가지 생각을 떠올렸다.

지난번에 일부 지부에서 벌어진 일련의 사건들이 바로 그것이었는데, 눈앞에 있는 자가 바로 그 범인일 것이라 단정하고 입을 열었다.

"네가 저번에 지부에 손해를 주었던 사람이냐?"

"어? 어떻게 알았어? 신기라도 있는 거냐?"

성호는 자신을 보고 바로 그런 소리를 하자 흥미진진한 눈빛으로 사내를 바라보게 되었다.

"자, 우리 이제부터 다정하게 대화를 나누도록 하자. 되도록 거짓말을 하지 않았으면 좋겠어. 너의 위치는?"

남자는 성호가 하는 말에 외면하려 하였지만, 그 순간 마주친 눈빛을 보니 그에게 거짓말을 했을 때 살아 돌아갈 수 없다는 사실을 예감하곤 부르르 몸을 떨었다.

성호의 저 눈빛은 결코 자신이 감당해 낼 수 없는 무언가를 담아두고 있는 것이 틀림없다고 남자는 확신했다.

그에게 눈앞의 성호는 매우 위험해 보였다.

"나… 나는 지부에서 부지부장을 맡고 있소."

남자는 본능적으로 상대에게 반말을 하면 안 된다는 것을 느꼈는지 반존대를 하고 있었다.

"부지부장이면 제법 아는 것이 많겠네. 지금 천우회의 정예들이 어디로 갔지?"

성호의 질문이 본격적으로 변하자 남자는 자신이 지금 대답을 해야 하는지를 고민하지 않을 수 없게 되어 버렸다.

잘못 대답을 하였다가는 이 남자가 아니라 조직의 손에 죽을 수도 있었기 때문이다.

성호는 그런 남자의 반응에 입가에 싸늘한 미소를 머금기 시작했다.

남자는 그런 성호의 반응을 보곤 자신도 모르게 입이 자동으로 열려 알고 있는 바를 내뱉고 있었다.

"그들은 지금 한국으로 갔다는 것만 알고 있소."
"좋아, 그러면 천우회의 총단이 있는 곳은 어디지?"
"총단이 있는 자리는 후지산이 있는 곳이오."

남자는 총단이 있는 위치를 아는지 자신이 알고 있는 모든 사실을 불기 시작했다.

성호는 드디어 원하는 바를 알게 되었기에 남자의 말을 모두 기억을 하기 시작했다.

천우회의 총단은 그동안 비밀로 취급을 하고 있었던 장소였기에 성호도 처음으로 알게 되었기 때문이다.

남자는 자신이 알고 있는 모든 사실을 불었고 성호는 그런 남자에게 아주 상냥한 미소를 보냈다.

"자, 마지막으로 한국으로 간 놈들이 있는 위치를 알 만한 자가 누구지?"

"그것은 나도 모르오. 총단에 있는 간부라면 알지도 모르지만 말이오. 애초에 총단의 위치를 알게 된 것도 얼마 되지 않았소."

남자는 진심으로 모르고 있는지 성호는 남자의 얼굴을 보니 금방 알 수가 있었다.

"흠, 결국 총단으로 가야 한다는 말이지?"

성호는 총단으로 가야 할지를 고민하게 되었다.

자신이 그곳으로 가게 되면 놈들의 근거지를 그냥 두고 올 수도 없을 뿐더러 한국으로 간 놈들의 위치를 파악하기 위해서라도 이는 어쩔 수 없는 일이라 할 수 있었다.

그러나 그렇게 되면 지금보다 더욱 일이 커지게 되는 노릇이라 단순하게 끝날 문제는 아닌 듯했다.

성호가 혼자 중얼거리는 소리를 들은 남자는 속으로 제발 총단으로 가라고 소리를 질렀다.

'총단으로 가라, 제발 가서 거기서 죽어라.'

남자는 성호가 총단으로 가면 무조건 죽을 것이라고 믿고 있었다.

그만큼 총단에는 남자가 보기에도 괴물 같은 인간들이 많았기 때문이다.

천우회의 총단은 엄청난 수의 무인들이 몰려 있는 곳이라 어지간한 사람은 가서 살아남을 수가 없었다.

지금까지 총단의 위치가 알려지지 않을 수 있었던 이유 중 하나가 이 무인들에 의해 침입자나 위치를 유포하려던 자들이 모조리 쥐도 새도 모르는 사이에 제거되었기 때문으로 알고 있었다.

그런 생각을 하고 있는 남자를 보며 성호는 가볍게 미소를 지어 주었다.

"좋은 정보를 주어 고맙게 생각한다. 그리고 지금까지 이야기 한 것이 모두 녹음이 되었다는 것은 알지? 그러니 허튼 짓을 하면 아마도 녹음된 내용들이 바로 외부로 돌게 될 거야. 그 뒤는 알지?"

성호의 친절한 설명에 남자는 고개를 숙이고 말았다.

자신이 지금 한 이야기는 절대 외부에 알려져서는 안 되는 정보였기 때문이다.

"절대 아무에게도 말을 하지 않겠소."

남자는 자신이 죽고 싶지가 않았기 때문에 지금 한 이야기를 죽을 때까지 비밀로 간직하고 싶었다.

성호는 남자의 얼굴을 보며 빙그레 웃고는 바로 산을 내려갔다.

남자야 알아서 집으로 가겠지 하고 말이다.

남자의 집과 지금 이 위치의 거리가 상당히 멀다는 것은 전혀 염두에 두지 않은 생각이었지만 말이다.

성호는 차를 타고 가면서 한국에 간 놈들이 있는 위치를 아는 놈들이 총단에는 얼마나 있을지를 생각해 보았다.

남자의 이야기를 종합하여 볼 때 총단 안에는 상당한 인원들이 있을 것은 분명해 보였다.

뿐만 아니라 그 안에는 천우회가 오랫동안 양성해온 무인들이 대기하고 있을 터였다.

"우선은 총단에 있는 간부를 잡아야 알 수가 있겠군."

성호는 그렇게 생각하고는 바로 차를 몰았다.

어느 정도 지리를 알고 있었기 때문에 남자로부터 안내 받은 총단이 있는 후지산까진 그리 어렵지가 않았다.

후지산이 있는 곳에 도착을 한 성호는 총단으로 가는 길의 입구에 차를 세우고는 조용히 산으로 오르기 시작했다.

놈들의 총단이 있는 곳으로 바로 가는 길은 차를 타고 갈 수가 없는 지역이었기 때문에 성호도 차를 세워둔 채 천천히 이동을 시작했다.

한참을 총단이 있는 곳으로 이동을 하자 성호의 촉에 걸리는 것들이 있었다.

아마도 놈들의 초소라는 생각이 들었다.

'여기에도 초소를 운영하고 있는 것을 보니 총단이 가깝다

는 이야기이네.'

 성호는 그렇게 생각을 하고는 조용히 초소가 있는 곳으로 접근을 하였다.

 초소에는 무인이라고 하기에는 조금 약해 보이는 놈들이 두 명이 무언가 말을 나누고 있었다.

 "이번에 닌자들이 한국으로 갔다고 하는데 들은 이야기가 있어?"

 "나도 자세히는 모르지 총단에 있는 무력조 중에 닌자조가 가게 되었다는 이야기만 들었어."

 남자들은 이번에 한국으로 간 닌자조에 대한 이야기를 하고 있었다.

 '닌자가 있다는 말이지? 암살을 전문적으로 하는 놈들을 이들이 따로 키웠나 보군.'

 성호는 생각지도 않은 비밀을 알게 되었기에 입가에 미소를 지었다.

 성호는 초소에 있는 남자들은 아직 자세한 것은 모르고 있다는 것을 알자 바로 놈들을 제압을 하기로 하였다.

 성호는 빠르면서 은밀하게 놈들에게 접근을 하여 놈들을 조용히 제압을 하였다.

 슉슉

 "윽!"

"으윽!"

 닌자들이 사용하는 은신술이 어떤 것인지는 모르지만 자신도 은신에 대해서는 일가견이 있다고 생각하고 있었기 때문이다.

 성호가 지닌 은신술은 상당히 뛰어난 것이지만 지금 닌자들이 사용을 하고 있는 은신술은 예전의 것이 아닌 현대적인 방법을 교묘하게 합친 그런 것이기 때문에 성호와 같은 고수에게는 통하지가 않는 방법이었다.

 사람이 아무리 조용히 움직인다고 해도 기척을 내지 않을 수는 없는 일이었기 때문이다.

 하지만 성호가 알고 있는 은신술은 그렇지가 않았고 숨도 참고 기척도 내지 않고 움직이는 방법이었다.

 성호는 놈들을 제압하는 이유는 나중에 나갈 때 귀찮은 일이 생기지 않기를 바라는 마음에서였다.

 물론 놈들을 죽일 수도 있지만 그렇게 하지 않은 것은 나중에 나가면서 충분히 처리할 수 있어서였다.

 성호는 제압한 놈들을 구석에 던져두고는 조용히 사라졌다.

 다시 총단이 있는 곳으로 이동하기 위해서였다.

 성호가 이동을 하여 총단의 근처에 오는 동안 제압한 초소만 해도 무려 열 개나 되었다.

마지막에 제압을 한 초소에서는 약간의 심문을 하였는데 여기 초소는 하루에 두 번만 교대를 한다는 사실을 알게 되었다.

 그러니 이들을 제압을 해두어도 아직은 교대할 시간까진 여유가 많아 충분히 움직이는 것에는 지장이 없다는 것을 알게 되자 성호는 편하게 확보할 수가 있었다.

 성호가 움직여서 총단의 건물들이 보이는 곳에 도착을 하였고 성호는 놈들의 근거지를 보며 상당히 놀랄 수밖에 없었다.

 "대단한 놈들이네. 저렇게 건물들을 많이 지을 수가 있었는지 이해가 가지 않을 정도이니 말이야."

 총단은 상당히 크게 지어져 있었고 목재로 지어진 건물도 상당수 있었다.

 저런 건물을 짓는 것이 얼마나 오랜 시간동안 이곳에 총단이 자리를 잡고 있었는지 충분히 짐작하고도 남아 보였다.

 그리고 이토록 거대한 영역을 차지하고 있는 총단이 어째서 여태까지 외부로 알려지지 않았던 것인지 그게 더 신기할 따름이었다.

 그러나 한편으로는 앞서 만난 경계 인원들과 무인들에 대한 것을 떠올리며 이곳의 위치를 모를 수밖에 없을지도 모르겠단 생각을 어렴풋이 하는 성호였다.

"자, 이제 간부 놈이 어디에 있는지 확인을 하기만 하면 되는 것인가?"

성호는 그렇게 말을 하고 조용히 움직이기 시작했다.

안으로 잠입을 하는 것은 그리 어렵지 않았기 때문에 성호는 바로 잠입을 시작했다.

총단의 건물은 한 개가 아니기 때문에 오랜 시간을 돌아다녀야 했지만 성호는 바로 놈들의 간부를 발견하게 되었다.

제법 옷을 입은 것도 그렇고 눈으로 보기에도 상당히 높은 위치에 있는 놈으로 보였기 때문이다.

그리고 성호가 보기에는 지금까지 본 놈들 중에서 가장 내기가 많은 놈이기도 했고 말이다.

성호는 조심스럽게 놈을 따라 이동을 하고 있었다.

주변에 다른 놈들이 있기 때문에 놈을 제압하여 갈 수가 없었기 때문이었다.

성호가 주시하고 있는 남자는 한 건물의 앞으로 가서는 바로 안으로 들어가고 있었다.

입구에 경비를 서는 것이 없는 것을 보니 아마도 개인적인 생활하는 공간 같아 보였다.

성호의 생각대로 남자가 들어간 곳은 개인적으로 휴식을 취하는 공간이었다.

남자는 이 층으로 올라가서는 바로 하나의 방으로 들어가려고 하고 있었다.

성호는 남자가 방으로 들어가자 기회가 왔다고 생각하고는 남자의 뒤로 가서는 가볍게 제압해 버렸다.

슉!

"윽!"

남자는 갑작스러운 기습에 그대로 몸이 굳어지고 말았다.

성호는 남자를 데리고 방으로 들어가 바로 문을 닫았다.

방음이 얼마나 되는지는 모르겠지만 이제 곧 저녁식사를 할 시간일 게 분명하기에 시간은 그렇게까지 많지 않다는 걸 예감하는 성호였다.

한편 남자는 눈동자를 굴리며 자신을 공격한 놈이 누군지를 확인하려고 하였다.

그러나 말도 나오지 않고 몸도 움직이지 못하는 상황을 당하고 보니 스스로 믿을 수가 없다는 듯한 눈빛을 할 뿐이었다.

남자도 사실은 무인인지라 혈도를 제압하는 것이 엄청나게 어려운 행동이라고 알고 있었는데 자신을 제압한 상대는 가볍게 그러는 것을 보니 그 실력이 얼마나 대단한지를 알 수가 있었기 때문이다.

남자가 눈동자가 굴리고 있었고 성호는 그런 남자를 보다가 주변을 먼저 확인을 하기 시작했다.

아직은 총단에 대해 아는 것이 없었다.

하지만 이제 총단에 대해 정보를 제공할 상대를 얻었으니 우선적으로 안전한 지역으로 가는 것이 급선무였기에 어둠을 기다렸다.

그래야 한국으로 간 놈들의 위치라는 최우선 과제를 해결할 수 있기 때문이었다.

성호가 기다리는 어둠이 찾아오자 성호는 남자를 어깨에 둘러메고는 빠르게 몸을 움직이기 시작했다.

방의 창문을 열어 가볍게 몸을 움직이니 마치 바람과 같이 빠르게 몸이 반쯤은 날며 이동을 시작했다.

남자는 그런 성호의 엄청난 경공술에 놀랐는지 눈빛 가득히 놀라움이 담겨 있었다.

성호는 남자를 데리고 자신이 왔던 길로 다시 돌아갔다.

어느 정도 총단과 거리가 벌어지자 성호는 남자가 말을 할 수 있도록 입과 그 주변부에 대해서만 마비를 풀어주었다.

"나의 실력에 대해서는 알 것이니 더 이상 다른 소리는 하지 않겠다. 지금 이곳에서 너의 위치는?"

남자는 성호의 실력을 몸으로 직접 체험을 하였기 때문에 상대가 자신을 죽이려면 일도 아니라는 것을 금방 깨달았다.

"나는 천우회 은밀당을 담당하는 당주요."

"은밀당이 무슨 일을 하는 곳이지?"

"은밀당은 바로 정보를 처리하는 곳이오."

빙고!

성호는 정보를 처리하는 곳의 수장을 잡아왔다는 사실에 눈을 빛내기 시작했다.

드디어 자신이 궁금해하는 모든 것들에 대해 대답을 해줄 수 있는 인물을 만났기 때문이다.

"제대로 데리고 온 것은 같으니 질문을 하기로 하지, 우선 한국으로 천우회의 인물들이 있는 곳은 어디지?"

가장 먼저 대답하기 곤란한 것부터 질문을 하기 시작하자 남자는 곤혹스러운 눈빛으로 성호를 바라보았다.

은밀당의 일은 정보를 캐기 위해 상대에게 상당한 고문을 하기도 하였기 때문에 남자는 고문을 아주 잘하기로 유명한 인물이기도 했다.

하지만 자신이 고문을 하는 것은 상관이 없지만 만약에 자신이 그렇게 고문을 당할지도 모른다는 불안한 생각을 해보니 결코 좋은 일이 아니었다.

"흠, 대답이 늦는 것을 보니 우선은 벌을 받고 싶은 모양이군그래."

성호는 남자가 머리를 굴리고 있다고 생각했다.

정보를 다루는 놈들은 한시도 머리를 가만히 두지 않는다는 것을 알기에 하는 소리였다.

성호의 말에 남자는 실제로 바로 눈동자를 굴리고 있었다.

지금의 위기를 벗어날 방법을 궁리하고 있다는 이야기였다.

성호는 남자의 몸에 다시 손가락으로 가볍게 짚어주었다.

남자는 다시 고함을 치지 못하는 몸이 되었고 성호가 계속해서 손가락으로 찔러대자 엄청난 고통이 밀려들어 왔다.

몸은 움직이지 못하지만 그 고통은 남자가 견디기에는 너무나도 커다란 고통이었기에 몸이 절로 떨리기 시작했다.

성호도 이런 식의 고문은 이번이 처음에 가까웠기 때문에 자신이 하는 것에 남자의 반응이 어찌 나올지를 관찰하고 있었다.

남자는 성호가 생각하는 이상의 반응을 보여주고 있었는데 이거는 마치 짐승과 같은 처절한 몸부림을 하는 것처럼 보였기 때문이다.

남자의 이마에는 구슬과 같은 땀방울이 줄줄이 흘러나오고 있었고 몸은 절로 꿈틀거리는 것이 얼마나 지금 고통이 심한지를 보여주고 있었다.

남자는 성호는 보며 제발 살려달라는 눈빛을 던지고 있었지만 그 안에는 고통의 강도를 어느 정도는 짐작을 할 수가 있었다.

"이제 대답을 할 준비가 되었나?"

성호의 말에 남자는 눈동자가 제발 멈추어 달라고 소리를 치고 있었다.

성호는 이제 그만하면 되었다 싶었는지 손가락을 움직여 남자의 고통을 해소시켜 주었다.

"자, 다시 묻지 한국으로 간 놈들의 위치는?"

남자는 갑자기 고통이 사라지고 다시 말을 할 수가 있게 되자 이제는 자신이 알고 있는 것에 대한 모든 것을 아주 술술 불기 시작했다.

그만큼 성호가 준 고통이 심하다는 말이었다.

"이번에 한국으로 닌자들이 갔습니다. 그들은 지금 서울의 한 집을 사서 그곳에 숨어 있습니다. 주소는 정확히 모르지만 연락할 수 있는 방법은 있습니다."

닌자들이 숨어 있는 위치는 총단에서도 비밀로 취급을 하고 있는지 은밀당의 당주도 모르고 있을 정도로 은밀히 하고 있었다.

이는 회주의 뜻으로 무력단이 나가면 절대 그들이 있는 곳에 대한 것은 비밀로 하라는 당부가 있었기 때문이다.

성호는 놈들이 있는 위치가 대강 어디인지를 알았고 그들과 연락을 할 수 있는 방법을 알았기에 이제 놈들을 찾는 것은 그리 어렵지 않다고 생각을 하였다.

"그러면 한국으로 간 놈들은 닌자들뿐이냐?"

"아닙니다. 천우회의 무인들도 일부 함께 갔습니다. 닌자들이 암살을 하기 위해 정보를 모아야 하기 때문에 닌자들에게 연락을 하기 위해 천우회의 무인들이 움직이고 있습니다."

남자는 자신이 알고 있는 모든 것을 성호에게 알려주었고 성호는 가만히 남자가 하는 이야기를 듣고만 있었다.

하지만 성호의 품에는 지금 녹음기가 가동이 되고 있었기에 남자가 하는 소리는 모두 녹음이 되고 있는 중이었다.

성호가 이러는 이유는 나중에 이들의 내부를 흔들기 위해서였다.

천우회의 정보를 주고 있는 간부가 있다는 것을 이들에게 역으로 알려서 내부를 흔들려고 하는 것이었다.

"좋아, 아주 좋은 정보였다. 정보를 주었으니 살려주고 싶은데 아직 한 가지 얻고 싶은 것이 더 있군. 너희들의 자금은 어떻게 관리를 하고 있는 거지?"

"자금은 제가 관리를 하는 것이 아니라 재무를 담당하는 영밀당에서 관리를 하고 있습니다."

"내가 알고 싶은 것은 영밀당이라는 곳에서 얼마나 많은 자금을 관리하고 있는지를 알려달라는 것이야."

"자금에 대해서는 저도 정확히 알고 있는 것이 없습니다. 정말입니다."

성호는 남자가 애처로운 목소리로 말을 하는 것을 보고는 놈들이 철저하게 일에 대해서는 분담을 하고 있다는 사실을 알게 되었다.

성호는 남자에게 총단에 대한 다른 것들을 모두 듣고 자신이 궁금한 것에 대한 것도 모두 들을 수가 있었다.

단지 남자도 모르는 것들이 있었는데 이는 자신도 다른 당에서 하는 일에 대해서는 접근할 수가 없기 때문이었다.

성호의 생각대로 놈들은 철저하게 조직을 분담해서 움직이고 있다는 이야기였다.

총단에는 회주가 있고 그 밑으로 원로들이 있는데 원로의 수는 얼마나 되는지는 오로지 회주만이 알고 있다고 하였다.

해서 총단이 자신의 상상보다 훨씬 더 인원이 많다는 사실을 알게 되었다.

그리고 실질적인 무력은 원로들이 가장 강하다고 하는 이야기도 들었다.

하기는 나이를 먹었으면 그동안 수련을 하였으니 당연히 가장 강한 무력을 가지는 것은 당연하다 생각하는 성호였다.

성호는 은밀당의 남자를 풀어주면서 자신이 녹음한 것을 알려주고는 절대 비밀로 하라는 말과 함께 조용히 사라졌다.

은밀당의 당주 입장에서는 자신이 한 이야기가 녹음이 되어 있으니 절대적으로 비밀로 할 수밖에 없었다.

천우회는 배신의 대가가 생각 이상으로 처참하기 때문에 은밀당의 당주도 절대 비밀을 지킬 수밖에 없었다.

가족을 생각하지 않고 혼자 도망을 간다면 모르겠지만 말이다.

성호는 은밀당의 당주를 풀어주고는 조용히 사라졌지만 밀당의 당주는 입장이 달랐다.

"이제 나는 어떻게 해야 하는가?"

은밀당의 당주는 자신이 앞으로 해야 하는 일에 대한 걱정을 하고 있었다.

가족들도 이곳에 있기 때문에 달리 다른 곳으로 가게 할 수도 없는 입장이었기 때문이다.

은밀당의 당주는 정말 죽고 싶은 생각만 들었지만 아이들의 얼굴이 생각이 나서 죽을 수도 없었다.

만약에 자신이 자살한다면 아마도 남아 있는 가족들은 아무 것도 모른 채 고통 속에서 죽을 수도 있다는 생각이 들었기에 그렇게 할 수도 없었다.

　　　　　　　＊　　　＊　　　＊

성호는 천우회에 대한 정보를 가지고 다시 한국으로 돌아갔다.

"이제 비선문에 연락을 하기만 하면 되는 건가? 하지만 그냥 공짜로 정보를 줄 수는 없지."

성호는 자신이 힘들게 정보를 얻었기 때문에 비선문에 이런 귀한 정보를 그냥 줄 수는 없다고 생각하였다.

사실 이런 정보는 필요한 사람에 따라 그 값어치가 달라지는 것이기 때문이기도 했고 말이다.

비선문은 성호의 연락에 바로 약속 장소를 정해 나오게 되었다.

비선문의 무인들을 암살한 놈들의 위치를 포착했다는 것은 드디어 자신들이 원수를 갚을 수 있게 되었음을 뜻했다.

그동안 놈들이 어디에 있는지를 몰라 당하기만 했기에 비선문의 무인들은 모두가 복수를 위해 놈들에 대한 정보로 목말라 있었기 때문이다.

성호는 비선문의 한 장로와 무인들을 만나게 되었다.

"안녕하십니까. 장로님."

"그래, 나도 반갑네. 그런데 놈들의 정보를 가지고 있다고?"

"예, 어렵게 구했습니다."

한 장로는 이미 성호가 정보를 얻는 곳이 있다는 사실을 알고 있었고 그런 정보를 얻기 위해 들어가는 자금이 적지 않다는 것을 알고 있었다.

비선문의 무인들이 죽었지만 성호에게 그 자금을 대라고 할 수는 없었기에 지난번에 정보를 얻으면 그에 대한 자금은 자신들이 대겠다고 약속을 하였다.

 "그래 정보비는 얼마나 들었는가?"

 "이번 정보는 저들이 요구하는 금액만 말씀드리겠습니다. 저들은 이번 정보에 대한 금액을 오십억이라고 하였습니다."

 "헉! 어… 얼마라고?"

 "오십억이라고 하였습니다. 이 금액은 저의 리베이트가 없는 순수한 금액입니다."

 성호는 정보가 얼마나 귀한 것인지를 알고 있었고 비선문이 가지고 있는 재력에 대해서 어느 정도는 알고 있기에 이 정도의 금액이라면 비선문이 충분히 감당할 수가 있다고 생각하고 부른 액수였다.

 "정보비만 오십억이라 생각보다는 상당히 비싼 곳이군그래."

 "정보비가 많이 들기는 하지만 확실한 정보라는 것은 사실입니다. 그만큼 확실하기 때문에 많은 금액을 지불하고 있습니다."

 한 장로는 지금은 정보비로 싸우고 싶은 생각이 없었기에 다른 소리는 하지 않았다.

 "알겠네. 정보를 받으면 바로 지불을 하도록 하겠네. 하지만 만약에 그 정보가 사실이 아닐 경우에는 자네가 위험해 질 수도 있다는 것을 명심하게. 우리도 자네가 어디에 있는지를 알고 있으니 말일세."

"정보에 대해서는 확신을 하고 있으니 걱정하지 마십시오. 만약에 정보가 사실이 아닐 경우에는 그 두 배를 제가 지불하겠습니다."

성호는 정보에 대한 것은 진짜이기 때문에 자신있게 대답하였다.

한 장로도 성호가 강남의 진성으로 움직이는 실세라는 것을 알기에 성호가 두 배를 지불하겠다는 말에 고개를 끄덕였다.

"그럼, 정보를 주게."

성호는 자신이 알고 있는 것을 모두 서면으로 적어 품에 가지고 있었기 때문에 바로 품에서 서류를 꺼내주었다.

한 장로는 성호가 준 서류를 검토하였고 놈들이 지금 어디에 있는지를 확인을 할 수가 있었다.

그리고 놈들이 어떤 놈들인지에 대한 자세한 설명이 적혀져 있어서 보고 있는 한 장로를 놀라게 하고 있었다.

"여기 있는 내용이 모두 사실인가?"

"저도 확인하지 못한 것이지만 사실이라고 판단을 하고 있습니다. 천우회에는 두 개의 무력 단체가 있는데 바로 닌자들이 있는 것과 다른 하나는 사무라이처럼 검을 사용하는 곳이라고 합니다. 이번 한국의 무인들을 암살하는 곳은 바로 닌자들이 있는 단체가 왔다고 합니다. 현대 기술과 접목을 하여 익힌 것으로 보인다는 말을 듣기는 했지만 솔직히 아직은 이해가 가지 않는 부분이기는 하지만 말입니다."

성호의 말에 은신술을 사용하는 닌자에 대한 자세한 설명을 듣기는 했지만 한 장로는 그런 암살자들이 일본의 천우회에서 키우고 있다는 것이 더욱 놀라게 하였다.

이번 비선문의 무인들을 암살하고 있는 놈들이 바로 그놈들이라는 사실에 한 장로와 무인들은 입술을 깨물고 있었다.

이제 모든 정보를 들었으니 그에 대한 것을 주어야 할 때였다.

"계좌번호를 주게. 바로 처리를 해주겠네."

"보여드린 서류의 하단에 보시면 있을 겁니다."

성호의 말에 한 장로는 바로 서류를 보았다.

거기에는 한국에 있는 은행이 아닌 외국으로 보이는 처음 보는 은행의 이름과 번호가 적혀져 있는 것을 확인할 수가 있었다.

"여기 있는 이곳으로 보내면 되는 건가?"

"예, 그렇게 하시면 됩니다."

"이번 일을 마치면 우리 다시 한 번 만나도록 하세. 자네에게는 사실 궁금한 것이 많으니 말일세."
"알겠습니다. 그러면 연락을 주시기를 기다리도록 하겠습니다."
성호는 한 장로의 말에 정중하게 대답하였다.
성호의 그런 태도는 비선문의 무인들에게는 아주 흡족한 기분을 들게 해주었다.
이들에게 성호는 상당히 예의가 있는 사람이라는 것을 생각하게 만들었다.
무인들이 따지는 것이 바로 예의였기 때문에 지금 성호는 비선문의 무인들에게는 엄청난 호감을 받고 있다는 것을 모르고 있었다.
한 장로는 성호와 이야기를 더 하고 싶었지만 지금은 아니라는 것을 알기에 자리에서 일어서게 되었다.
"우리는 지금 이 정보를 가지고 바로 움직여야 하는 다음에 다시 만나 식사를 하도록 하세."
"그렇게 하십시오. 그럼 좋은 일이 있기를 바라겠습니다. 장로님."
성호는 한 장로에게 정중하게 인사를 하면서 최대한 피해를 줄이기를 마음속으로 빌었다.
한 장로는 성호와 인사를 하고는 비선문의 무인들을 대동한 채 황급히 사라졌다.

비선문으로 돌아가서 이제는 놈들을 죽일 방법을 생각하여야 했기 때문이다.

한 장로가 돌아간 비선문에는 지금 모든 장로들과 지휘자들이 모여 있었다.

한 장로는 자신의 자리에 앉으면서 성호에게 가지고 온 서류를 여러 장으로 복사한 것을 나누어주었다.

"보고 있는 정보는 상당히 비싼 돈을 주고 구한 것이오. 정보에 따라 놈들이 있는 곳을 알 수가 있을 것이오. 우선 놈들이 우리 비선문의 무인들을 암살하기 위해 온 닌자들과 정보를 모으기 위해 온 무인으로 나뉜다는 것을 알 수 있을 것이오."

한 장로의 말에 무인들은 서류를 보며 지금 한 장로가 하는 이야기가 무엇인지를 바로 파악할 수가 있었다.

그리고 닌자들이 익히고 있는 무공에 대해서도 자세히 나와 있고 그들의 무공 수준도 나와 있었다.

"장로님 여기 나와 있는 것으로 보면 닌자들의 수준이 어지간한 무인들로는 상대가 어렵다고 나와 있는데 이를 어찌하실 생각이십니까?"

"천우회에서 온 무인들은 현무단이 책임을 지면 되겠지만 닌자들은 여기 있는 무인들이 모두 가야 할 것이라고 생각하오. 지난번에 한국 지부에 있는 그들의 실력에 대해 들었는데 상당히 강자들로 구성이 되어 있다는 보고를 받은 바 있소. 일반 무인들로 갔다가는 저들을 제압하기보다는 오히려 당할 수가 있기 때문이오. 그리고 비겁하지만 이번에는 총기를 사용해도 무방하오. 우리의 피해를 줄일 수만 있다면 나는 허락을 할 생각이오. 국정원에서 총기의 사용에 대한 허가는 이미 받아둔 상태요."

한태민은 천우회의 총단에서 온 무인들이 닌자라는 이야기를 듣고 상부에 보고를 하여 저들을 제압하기 위해서는 총기의 사용을 허락을 받았기에 이를 비선문에 이야기를 해주었다.

비선문은 한태민의 도움으로 일시적이지만 총기를 휴대할 수가 있게 된 상황이었다.

물론 한 장로는 무인이 총기를 사용하는 것이 마음에 들지는 않지만 그렇다고 비선문의 무인들이 죽게 내버려 둘 수는 없다고 판단하여 결국 총기의 사용을 허락하기로 결정을 내렸던 것이다.

무인들은 한 장로가 총기를 사용하라는 지시하자 솔직히 마음에 들지 않는다는 표정을 하고 있었다.

"장로님 우리는 무인인데 총기를 사용하는 것이 솔직히 마음에 들지 않습니다."

"나도 그 마음을 너무 잘 알고 있소. 비선문의 무인들이 죽는 것보다는 났다고 생각하여 내린 결정이니 이해를 해주기 바라오."

한 장로의 대답에 무인들은 고개를 숙였다.

한 장로가 비선문에서 어떤 위치에 있는지는 이들이 가장 잘 알고 있었기에 이번 결정이 어떤 의미인지를 깨달은 것이다.

"그러면 나머지 무력 조직은 닌자들을 상대하기 위해 가는 것입니까?"

"그렇소. 이번 임무는 우리 비선문의 사활을 걸고 움직이는 것이 절대로 놈들을 놓쳐서는 안 되기 때문에 모든 무인들을 데리고 갈 생각이오."

무인들은 한 장로가 무슨 마음을 먹고 그런 결정을 내린 것인지 정확하게는 모르지만 어느 정도는 짐작을 할 수 있었다.

자신들도 동료들이 죽음에 분노를 느끼고 있었기 때문이었다.

"알겠습니다. 바로 출발할 수 있도록 준비를 하겠습니다."

여기에는 각 무력 단체들의 장들이 있었기 때문에 자신들이 해야 하는 일이 어떤 것인지를 모두 알고 있었다.

비선문은 한 장로가 돌아오고 매우 분주하게 움직이기 시작했다.

천우회의 무인 중에 두 명은 지금 비선문을 감시하기 위해 있었는데 갑자기 자신들을 공격하는 무인들에게 사로잡히고 말았기에 움직임을 보고할 천우회의 무인들은 아무도 없었다.

Chapter 04
비선문과 닌자들의 전투

태클 걸지 마!

 비선문은 매우 신속하게 움직이기 시작했다.
 가장 먼저 현무단이 천우회의 무인들이 있는 곳을 기습하였다.
 이들이 정보를 주고 있어 비선문의 무인들이 죽었기 때문에 현무단의 무인들은 이들을 살려주고 싶은 마음이 없었기에 처음부터 독하게 수를 쓰려고 하였다.
 "놈들이 모두 이곳에 있으니 사조는 주변을 철저하게 지키고 혹시 탈출을 하려는 놈이 있으면 바로 죽여 버려라."
 "예, 알겠습니다."

"나머지는 지금 바로 놈들을 공격한다. 일조는 정면을 이조는 우측, 삼조는 좌측으로 들어간다."

"예, 단주님."

현무단주의 지시로 현무단의 무인들은 신속하게 움직였고 바로 공격을 하였다.

쉬이익!

담을 넘어 가볍게 들어가는 현무단의 무인들은 눈에 보이는 놈들을 닥치는 대로 죽이기 시작했다.

천우회의 무인들은 집에서 쉬고 있는 바람에 무기를 가지고 있지를 않아 현무단의 무인들에게 그대로 당할 수밖에 없었다.

쉬익!

서걱!

"크아악!"

"아악!서걱!

"으윽! 나희들은 누구냐?"

한 남자는 현무단의 무인을 보고 고통스러운 얼굴을 하면서도 정체를 물었다.

"우리는 너희가 죽이려고 하는 비선문의 무인이지. 그만 죽어라."

검은 그대로 남자를 향해 공격을 하였고 남자는 이를 피하기 위해 필사적으로 움직였다.

　남자도 제법 무공이 강한지 한동안은 검을 피하면서 상대를 공격을 하기도 하였지만 자신의 뒤에서 다른 현무단원이 공격을 할 것이라는 생각하지 못해 그 기습에 당하고 말았다.

　쉬이익!

　서걱!

　"으윽! 비… 겁… 하… 다."

　남자는 마지막 한마디를 남기며 죽어 버렸다.

　남자가 쓰러지자 뒤에서 공격을 한 무인은 동료를 보며 조용히 입을 열었다.

　"지금은 비겁하게 생각하지 말고 동료들이 피해를 줄일 수 있다고만 생각하자."

　동료의 말에 현무단원은 고개를 끄덕였다.

　"그래, 놈들을 죽여야 하니 지금은 비겁한 짓이 아니라고 생각한다."

　현무단의 무인들은 출발을 하면서 총기도 가지고 왔을 정도로 놈들에 대한 원한이 깊은 상태였다.

　그래서 협공을 하는 것도 마다하지 않았다.

　이런 현무단원들의 마음 때문인지 이번 기습은 많은 피해를 입지 않을 수 있었다.

　현무단의 무인들은 천우회의 무인들을 한 명만 남기고 나머지는 모조리 죽여 버리고 말았다.

이들이 이렇게 냉혹하게 하는 이유는 바로 비선문의 무인들이 암살을 당해 많은 인원이 죽었기 때문이었다.

암살을 당한 무인들 중에는 거의가 다 목이 잘려 죽었기 때문에 같은 방법으로 놈들을 죽인 것이다.

현무단이 임무에 성공을 하고 있을 때 한 장로가 이끈 무리는 지금 닌자들과 치열하게 전투를 하고 있었다.

닌자들은 비선문의 공격에 바로 은신술을 사용하여 피하면서 비선문의 무인들에게 역으로 공격을 시도하였기에 공격을 한 비선문의 무인들이 피해를 입고 있어 한 장로는 내공이 많은 장로들과 고수들로만 닌자들을 상대하라는 지시를 내리게 되었다.

"놈들의 은신술이 보통이 아니니 무력단은 지금 바로 놈들이 빠져 나가지 못하게 주변을 통제하고 다른 무인들은 놈들을 죽이도록 해라."

한 장로의 적절한 방법으로 닌자들은 더 힘들게 되었지만 이들은 고수들을 상대로 은신술을 펼치며 최대한 상대에게 피해를 주려고 하고 있었다.

한 장로는 놈들의 은신술이 생각보다는 대단한다는 것을 알고는 준비한 것을 사용하기로 하였다.

"페인트를 사방에 뿌려라."

놈들이 은신을 하니 기척으로 찾아야 하기 때문에 골치가 아파지자 한 장로는 바로 페인트를 주변에 뿌리라는 고함을 쳤다.

 한 장로는 성호가 은신을 하는 놈을 보려면 페인트 같은 것을 사용하면 좋다는 이야기를 해주었기 때문에 준비를 하였던 것인데 오면서도 이것을 사용하게 될 줄은 정말 몰랐다.

 그리고 실제로 뿌려진 페인트로 인하여 은신술이 드러나는 것은 물론이고, 그들의 작은 움직임에도 발자국이 찍히게 되어 더 이상 닌자들의 은신과 이동이 의미를 잃게 되는 것이다.

 무력단은 한 장로의 말에 주변에 가지고 있던 페인트 주머니를 열고 사방에 뿌리기 시작했다.

 페인트가 뿌려지자 닌자들은 은신을 포기한 채 싸워야 했고 그 덕분에 장로들과 고수들은 닌자들을 효율적으로 제거를 할 수가 있게 되었다.

 서걱!

 "윽!"

 닌자들은 검에 당해도 비명을 지르지 않았다.

 이를 통해 비선문의 무인들은 놈들이 상당히 독종이라는 것을 알 수가 있었다.

 닌자들은 페인트 덕분에 모두 제거를 할 수가 있었기에 한 장로는 닌자들을 모두 죽이고 나서 빠르게 다음 지시를 내렸다.

"무력단은 지금 당장 주변을 정리하고 철수하도록 한다."

"예, 장로님."

무력단은 한 장로의 지시로 빠르게 놈들의 시체를 수거하고 주변을 정리하기 시작했다.

천우회의 인원들이 활보했다고는 하지만 엄연히 일반인들이 살아가는 곳이어서 눈으로 보여 좋을 것이 없는 상황이기 때문이었다.

사방에 묻어 있는 피도 약품을 이용하여 깨끗하게 정리하자 비선문의 무인들을 바로 철수를 시작했다.

다행히도 이번 임무에 총기를 사용하지 않았기 때문에 주변에 살고 있는 사람들에게 공포감을 주지 않았다는 것이 비선문의 무인들에게는 다행이라는 생각이 들었다.

아직도 한국에 비선문과 같은 무인들이 있다는 것을 알리고 싶지 않은 마음도 있었지만 말이다.

비선문이 천우회에서 한국으로 보낸 무인들을 모조리 정리를 하게 되자 일본에 있는 총단에서는 닌자들과 무인들에게서 정기적으로 오는 연락이 없게 되자 비상이 걸리게 되었다.

"아직도 연락이 없는 것이냐?"

"그렇습니다. 이미 약속된 시간을 한 시간이나 초과하고 있습니다."

"그렇다면 놈들에게 당했다는 이야기겠군그래."

"비선문의 무인들이 아무리 강하다고 해도 닌자단은 그렇게 쉽게 당할 단체가 아닙니다."

"그런 닌자단이 연락이 없다고 생각하나?"

"그… 그것은……."

남자는 아무런 대답을 하지 못하고 있었다.

자신이 생각해도 연락을 주지 못하는 이유가 분명하지 않았기 때문이었다.

"나는 바로 상부에 보고해야 하니 계속해서 연락을 해보도록 해라. 아무래도 우리가 생각하는 이상의 고수들이 비선문에 있는 것 같다는 생각이 든다."

말을 하는 사람은 바로 천우회의 무인들을 관리하는 환밀당의 당주였다.

당주는 바로 회주에게 보고하기 위해 갔다.

"회주님, 닌자단과 무인들이 한국에 가서 당했는지 항상 오는 연락이 두절이 되었습니다."

"아니, 닌자단이 겨우 비선문에 당했다는 것이 말이 된다고 생각하는가?"

천우회의 회주는 닌자단이 얼마나 강한지를 알고 있기에 하는 소리였다.

그들이 은신술을 사용하면 천우회의 무인들 중에 벗어날 수 있는 무인도 그리 많지가 않았기 때문이었다.

그렇게 강하기 때문에 이번 임무를 주어 한국으로 보낸 것인데 그런 닌자단이 아직 연락이 없다고 하니 놀라지 않을 수가 없었다.

"회주님, 닌자단이 강하기는 하지만 어제까지만 해도 정상적인 연락을 하였습니다. 하지만 오늘은 아무런 연락이 없다는 것은 무언가 일이 잘못되었다는 것을 의미한다고 봅니다."

"당주는 닌자단이 비선문에 당해서 연락을 하지 않는다는 것이냐?"

"그렇습니다. 우리가 비선문의 전력을 제대로 분석하지 않아서 일어난 일이라고 보고 있습니다. 속히 조사를 해야 한다고 생각합니다."

회주도 화가 나기는 했지만 은밀당의 당주의 보고를 다시 생각하지 않을 수가 없었다.

우선은 상황에 대한 조사가 먼저 되어야 한다는 것을 인지한 회주는 바로 지시를 내리게 되었다.

"우리 천우회의 특급 무인들을 보내 조사를 하라고 해라."

"특급 무인을요?"

천우회에는 특급으로 분류가 되는 무인들이 있었는데 모두 세 명의 인물이었다.

이들은 천우회에 속해 있지만 평소에는 일반인처럼 생활을 하고 있을 정도로 회에서도 극비로 취급을 하는 인물들이었다.

그만큼 이들은 개개인이 강하다는 의미였다.

그런 특급 무인을 한국으로 보내라는 지시를 들으니 환밀당의 당주도 놀라지 않을 수가 없었다.

아직까지 특급 무인들이 움직인 일이 없었기 때문이었다.

"당주의 말대로 비선문의 무인들이 그렇게 강하다면 특급 무인이 가서 조사를 해야 할지도 모르니 특급 무인을 보내 비선문에 대한 것과 닌자단에 대한 확실한 조사를 하라고 해라."

"알겠습니다, 회주님."

환밀당의 당주의 보고로 인해 총단의 회주는 바로 한국으로 다른 무인을 보내게 되었다.

만약에 비선문에 닌자단이 당했다면 이는 자신들이 비선문의 전력을 잘못 분석하고 있다는 것이기 때문에 절대로 그냥 넘어 갈 수가 없는 일이었다.

천우회에서는 이번에 닌자단과 정보를 모으기 위해 보낸

무인들이 연락을 하지 않자 긴급으로 처리를 하게 되었다.

천우회의 특급 무인에 대한 것은 기밀 중의 기밀이었기에 은밀당의 당주도 연락처만 알지 그의 얼굴은 아직까지 한 번도 보지 못했을 정도였다.

그만큼 그들에 대한 보안은 철저하게 이루어지고 있다는 이야기였다.

천우회의 발 빠른 조치로 천우회의 특급 무인은 비선문에 대한 조사를 하기 위해 한국으로 향했다.

* * *

비선문은 국정원과 한국으로 들어오는 인물들에 대한 조사를 하고 있었지만 주로 그 대상은 일본인에 대한 것들이었다.

하지만 천우회의 특급 무인은 일본인이 아니고 외국인의 모습을 하고 있다는 사실을 모르고 있었다.

즉, 일본인과 외국인이 만든 혼혈이었기 때문이다.

인천공항을 벗어나는 한 사십대의 남자는 입가에 미소를 지으며 가고 있었다.

"후후후, 아무리 찾으려고 해도 나를 찾을 수는 없지. 고생이나 해라."

이 남자는 바로 미국에서 출발하여 한국으로 들어온 천우회의 특급 무인이었다.

눈으로 보아도 상당히 단련이 된 몸을 가지고 있었기에 얼마나 강한지는 모르는 일이었다.

남자는 바로 공항을 떠나 닌자단에 대한 조사를 할 생각이었다.

물론 자신의 임무에 도움을 줄 인물들이 따로 한국에 남아 있었기에 가능한 일이었다.

한편, 성호는 비선문이 임무를 마치고 돌아와서 정중하게 초대를 하였기 때문에 비선문에 처음으로 가게 되었다.

비선문은 일반인의 출입을 하지 못하게 하기 때문에 그동안 비선문 안으로 일반인이 들어온 경우는 거의 없었다.

하나 이번에는 비선문에 페인트를 사용하라는 정보를 비롯하여 자신들에게 가장 절실한 정보를 물어다 준 성호에 대해서는 무인들이 다들 좋게 보고 있었기에 가능한 일이었다.

이들에게는 은인 그 자체가 다름 없었으니 말이다.

"어서 오게."

"초대를 해주셔서 감사합니다, 어르신."

성호는 마중 나와 있는 한 장로를 보며 정중하게 인사를 하였다.

이는 무인으로서 대하는 것이 아니라 어른으로 대하기 때문이었다.

"자네가 오기를 우리 비선문의 무인들이 모두 기다리고 있다네. 자, 안으로 들어가세."

이번 닌자단을 상대하면서 목숨을 부지한 사람들은 모두가 성호를 좋게 생각하고 있었다.

그러니 그들은 성호가 오기를 애타게 기다리고 있었다.

성호는 한 장로의 말뜻을 아직 파악을 하지 못했지만 이들이 자신에게 좋은 감정을 가지고 있다는 것은 알 수가 있었다.

한 장로를 따라 안으로 들어가자 안에는 많은 무인들이 성호를 기다리고 있었다.

"김성호 군, 만나서 반갑네."

한 노인은 성호를 보자 아주 반가운 표정을 지으며 성호를 맞이해 주었다.

성호는 알지도 못하는 이가 자신을 반갑게 맞이해 주니 조금은 얼떨떨한 기분으로 인사를 받아 주었다.

"아, 예, 반갑습니다. 어르신."

"허허허, 자네는 나를 알지 못하는데 내가 이러니 조금 묘한 생각이 들겠군그래."

"장로님 당연한 것입니다. 처음 보는 사람이 살갑게 구는데 이상하게 생각하지 않을 사람이 어디에 있겠습니까?"

옆에 있던 사십대의 남자는 노인을 보고 당연하다고 말을 하고 있었다.

"사실 성호 군을 이렇게 반갑게 맞이하는 이유는 자네가 알려준 페인트 덕분에 많은 사람들이 목숨을 건지게 되었기 때문이네. 그러니 자신들의 은인이라고 생각이 들지 않겠는 가. 우선은 나부터 그러는데 말이야."

성호는 노인의 설명을 듣고야 이들이 왜 자신을 이렇게 살갑게 대하는지를 이해를 하게 되었다.

사실 페인트는 은신술을 사용하는 닌자들이 있다는 이야기를 듣고 문득 생각이 난 것이라 그냥 한 이야기였다.

한데 이들은 진짜로 페인트를 준비하고 갔을 것이라고는 생각지 못한 성호였고 그 결과로 인해 많은 사람이 살았다는 이야기를 듣자 성호도 덩달아 기분이 좋았다.

한국의 무인들이 일본의 무인들에게 당하지 않았다는 것만 해도 성호는 기분이 좋았던 것이다.

성호도 한국인이었기 때문에 한국인이 다치는 것을 그리 좋게 생각하지 않아서였다.

"페인트를 그렇게 유용하게 사용을 하였다고 하시니 저도 기분이 좋습니다. 어르신."

"자, 자, 저기 가서 앉도록 하세. 오늘의 주인공이 왔으니 식사를 해야지 않겠나."

장로는 성호를 데리고 테이블이 있는 곳으로 갔다.

성호도 노인을 따라 천천히 이동을 하며 주변을 살필 수가 있었다.

성호가 있는 이곳에는 비선문의 고수들이 모두 모여 있었기 때문에 어느 정도는 이들의 전력을 확인할 수가 있었다.

'이 정도의 전력이라면 천우회를 상대하기에는 약간 부족한 것 같은데 말이야.'

성호는 은밀당의 당주에게 들은 천우회의 전력을 생각하며 비교를 하고 있었다.

하지만 성호도 모르는 것이 천우회에는 특급 무인이 따로 있다는 사실을 모르니 약간이라는 말을 사용하게 된 것이다.

만약에 특급 무인이 있다는 것을 알았다면 지금과 완전히 다른 평가를 내렸겠지만 말이다.

모두가 자리를 차지하자 한 장로는 모두를 보며 입을 열었다.

"자, 오늘의 주인공이 왔으니 우선은 식사를 하도록 합시다. 여기 모여 있는 무인들 중에는 여기 있는 성호 군이 한 말대로 페인트를 사용하는 바람에 목숨을 건진 분들이 많으니 식사를 하고 이야기를 하도록 하겠습니다."

"알겠습니다, 장로님."

한 장로의 말에 의해 모두는 화기애애하게 식사를 시작

했다.
 성호의 입장에서는 약간 부담이 가는 일이었지만 말이다.
 사실 오늘의 자리를 마련한 이유는 한 장로가 성호의 실력을 확인하고 싶어서 마련한 자리이기도 했다.
 자신의 딸인 한설희가 성호에게 많은 관심을 가지고 있다는 사실을 알고 있었기 때문에 성호의 실력을 눈으로 확인을 하고 싶어서였다.
 성호가 지금 진성의 실질적인 보스라는 것도 한 장로는 알고 있었고 자신과는 다른 길을 가고 있기는 해도 남자로서 야망을 가지는 것은 나쁘지 않다고 생각하여 성호를 좋게 보고 있었기 때문이다.
 식사를 마치자 무인들은 성호의 주변으로 모이기 시작했다.
 "성호 군, 자네의 실력은 어느 정도 되는가?"
 비선문의 무인들은 한 장로가 성호의 실력도 만만치 않을 것이라는 소리를 하였기 때문에 성호의 무위에 대해서 모두가 궁금하게 생각하고 있었다.
 "제가 무슨 실력이 있겠습니까? 여기 계시는 분들이 강하시지요."
 성호는 난처한 질문을 피하기 위해 그렇게 대답을 했지만 무인들은 다르게 생각하였다.

"허허허, 사람이 겸손하기도 하고 아주 좋은 친구군그래."

한 노인은 성호가 지금 겸손하게 행동을 하기 위해 그런 말을 한다고 생각하고 하는 소리였다.

이는 모두 한 장로가 사전에 이상한 소리를 흘려둔 덕분에 모두가 착각하여 보이는 반응이었다.

성호는 노인이 그렇게 말을 하니 아주 난감한 표정을 지을 수밖에 없었다.

이때 한 장로는 지금이 기회라고 생각을 했는지 성호를 더욱 난처하게 만들었다.

"이럴 것이 아니라 우리들 중에 한 명이 성호 군과 대련을 하면 어떻습니까?"

"그거 아주 좋은 생각이오. 성호 군 저기 있는 사람과 대련을 한 번 해보게. 절대 실력을 숨겨서는 안 되네."

비선문의 무인들은 한국의 무인들이 모인 곳이기 때문에 아직도 한국에 은자들이 있다고는 믿지 않고 있었다.

그러니 성호가 사용하는 무술을 보고 중국의 무예인지 한국의 무예인지를 파악하려고 하였던 것이다.

하지만 이들은 성호가 사용하는 무예가 고대의 무예라는 것을 모르기 때문에 아마도 성호의 무예를 보고도 짐작을 하기가 쉽지 않을 것이라는 사실은 모르고 있었다.

성호는 한 장로가 자꾸 자신을 이상하게 내모는 듯해 속으로 짜증이 났지만 겉으로는 그런 내색을 할 수가 없었다.

좋은 이미지가 만들어진 비선문의 무인들과 일부러 사이를 나쁘게 만들 수는 없었기 때문이다.

성호는 어쩔 수 없이 기본적인 실력을 보여주기로 마음을 정하게 되었다.

아직 이들은 자신이 이들 전부를 상대해도 될 정도의 내기를 가지고 있다는 사실을 모르는 게 분명했다.

그러니 어느 정도는 실력을 보여주기로 결정을 내렸지만 마지막으로 한 번 더 튕겨 보고 싶었다.

"대련을 하려면 지금의 복장으로는 조금 곤란할 것 같습니다."

"허허허, 걱정하지 말게 여기가 어디인가? 바로 비선문이네. 대련을 하기 편한 옷은 항상 준비가 되어 있다네."

그러면서 한 사람에게 눈치를 주는 한 장로였다.

결국 성호는 더 이상 벗어날 수가 없다고 결론을 내리고 고개를 끄덕이고 말았다.

"알겠습니다. 그렇게 원하시니 저도 대련에 임하도록 하겠습니다."

"허허허, 고맙네. 정말 자네의 실력이 얼마나 되는지 궁금했다네. 그래서 이런 자리를 마련한 것이기도 하고 말일세."

한 장로는 속에 있는 말을 그대로 해주었다.

하지만 성호는 한 장로가 자신에 대해서 왜 궁금해 하는지에 대해서는 아직도 이해를 하지 못하고 있었다.

성호가 아는 한 장로는 지난번에 만나 인사를 한 것이 모두였기 때문이다.

예전 한식당에서 얼핏 스쳤던 일에 대해 기억하지 못하는 탓도 있겠지만.

단지 그런 관계에서 자신에게 과하게 친절을 베풀고 있으니 솔직히 조금 이상하기도 했고 말이다.

대련할 옷을 가지고 오자 성호는 옷을 갈아입고 이들이 수련을 하는 곳으로 가게 되었다.

성호가 상대를 하는 무인은 비선문의 무인들 중에 가장 강한 자들이 들어가는 천룡단의 무인이었다.

"김성호입니다."

"천룡단의 최대만이오."

둘은 가볍게 인사를 하고 바로 대련을 시작하였다.

성호는 남자가 공격을 먼저 하기를 바라고 천천히 남자에게 이동을 하였다.

최대만은 성호의 움직임을 유심히 보다가 갑자기 약간의 틈이 보이자 바로 공격을 하였다.

남자의 발이 자신을 향해 오자 성호는 가볍게 발을 밀었고 그 순간에 남자의 몸으로 파고들었다.

퍽!

번개라는 것이 어떤 것인지를 보여주는 장면이었다.

성호의 공격에 남자는 그대로 쓰러지게 되었는데 크게 타격을 입은 모습은 아니었다.

하지만 비선문의 무인들은 그런 성호의 공격을 보고 모두 놀란 얼굴을 하고 말았다.

천룡단의 무인은 주로 검을 사용하는 무인이기 때문에 체술에는 조금 약한 면이 있기는 하다.

그러나 저렇게 일수에 쓰러질 정도는 아니었기에 다들 놀랄 수밖에 없었다.

"헉! 저렇게 빠르게 움직이는 것이 가능하다는 말인가?"

한 장로는 놀란 얼굴을 하며 감탄을 하였다.

실질적으로 저런 움직임을 가지려면 아마도 내기를 이용해야 가능하였기 때문이었다.

무인들이 놀라고 있을 때 쓰러진 최대만은 다시 일어서고 있었다.

"이거 방심을 하다가 그대로 당했습니다. 이번에는 제가 먼저 선공을 하도록 하겠습니다."

최대만은 자신이 방심을 하다가 당했다고 말을 했지만 실지로는 방심이 아니었다.

생각지도 못한 빠름에 당한 것이기 때문이었다.

"그렇게 하세요."

성호는 남자가 선공을 하기를 기다렸다.

최대만은 조심스럽게 성호의 주변을 돌면서 공격의 기회를 잡고 있었다.

그러다가 성호의 어깨를 향해 주먹을 이용하여 공격에 들어갔고 성호는 남자의 공격을 보고 다시 아까와 같은 방법으로 밀어내고는 바로 남자의 다리를 공격하였다.

쉬이익!

퍽!

"으윽!"

남자는 성호의 일격이 이번에는 제법 큰지 약하지만 신음을 흘리고 말았다.

이거는 본인이 지르고 싶어서 나온 것이 아니라 통증에 의해 자동으로 나온 소리였다.

남자가 다시 쓰러지자 무인들은 갑자기 가슴이 떨리는 기분이 들었다.

오랜만에 자신들이 모르는 무예를 접하게 되니 호승심이 생겼기 때문이었다.

이는 한 장로도 마찬가지였다.

'도대체 어디서 저런 무예를 배운 것인지 모르겠네. 너무 빠른 것만 보여주니 알 수가 없구나.'

한 장로는 성호가 사용하는 무예를 보고 어디에서 배운 것인지를 알아보려고 하였지만 너무도 빠르고 어느 무예에서나 볼 수 있는 기본적인 기술을 활용하되 너무나 확실하게 정리를 해버리니 도무지 단정을 내릴 수 없던 것이다.
 한 장로는 이대로 있다가는 성호의 무예에 대해 알 수가 없다고 생각이 들자 천룡단의 단주를 보게 되었다.
 단원이 당했으니 이번에는 단주가 나가서 대련을 한다는 생각이 들어서였다.
 "청룡단주가 나가보는 것이 어떤가?"
 한 장로의 말에 천룡단주는 바로 자리를 박차고 일어섰다.
 "이번에는 내가 해보겠소."
 청룡단주는 그렇게 말을 하고는 바로 성호가 있는 곳으로 갔다.
 성호는 자신에게 당한 무인과 비슷한 옷을 입고 있는 무인이 나오자 아마도 이들의 단주가 아닐까하는 생각을 하게 되었다.
 하지만 이미 시작한 대련이기 때문에 피하고 싶지는 않았기에 바로 허락을 하게 되었다.
 "좋습니다. 저도 대련을 시작하였으니 확실하게 몸을 풀고 싶군요."
 성호는 비선문이 무인들이 있기는 하지만 아직은 천우회

의 무인들과 비교를 해서 약하다는 경각심을 이들에게 알려 주고 싶은 마음이 들고 있었다.

그렇기에 대련을 하면서 이들의 실력을 일깨워주는 것도 하나의 방법이라 여겨 더 이상 대련을 거부하지 않기로 했다.

천룡단의 단주는 항상 목검을 가지고 다녔기에 성호를 보며 정중하게 물었다.

"나는 검술을 익혀서 사실 체술에는 그리 실력이 없소. 그래서 목검을 사용하려고 하는데 혹시 사용하시는 무기가 있으면 사용하도록 하시오."

천룡단의 무기는 모두가 알지만 검을 사용하고 있었기에 승부를 보려면 할 수 없이 목검을 사용하려고 하였다.

그리고 솔직히 천룡단의 단원이 저렇게 맥없이 당한 것도 검을 사용하지 않아서라고 생각하고 있어서였다.

성호는 상대가 목검을 사용한다고 하자 자신도 알고 있는 검술이 생각이 났다.

아직 몸에 익지는 않지만 그래도 수련을 할 때 어느 정도는 했기 때문에 이번에 검술을 한 번 사용해보고 싶기도 했다.

"알겠습니다. 그러면 저도 검을 사용하겠습니다."

성호가 검술을 사용한다는 말을 하자 천룡단주는 조금 놀라는 얼굴을 하였다.

"아니, 검술도 익혔습니까?"

검술을 알고 있다고 하니 단주의 말도 달라졌다.

"예, 가문에 대대로 내려오는 검술을 알고 있습니다."

성호는 자신이 보여주는 무예를 모두 가문의 것이라고 이야기를 하려고 하였기에 그렇게 밝혔다.

천룡단주는 성호가 검술도 익히고 있다고 하니 기대를 하는 눈빛을 하며 천룡단원을 보며 소리를 쳤다.

"저기 있는 목검을 가지고 와라."

단원은 단주의 명령에 빠르게 목검을 다섯 개 정도 들고 왔다.

같은 목검이라고 해도 손이 익은 것이 따로 있기 때문이었다.

"여기 목검입니다."

"감사합니다."

성호는 들고온 목검을 들어보며 손에 익은 것을 찾았다.

다 거기서 거기라 그렇게 익은 것은 아니었지만 성호는 그 중에 한 개를 골랐다.

"이것으로 하겠습니다. 고맙습니다."

성호가 단원을 보며 정중하게 고개를 숙이자 단원은 흐뭇한 얼굴을 하며 대답을 하였다.

"아닙니다. 손에 맞는 것이 있다니 다행입니다."

단원이 돌아가고 성호는 들고 있는 목검을 몇 번 휘둘러 보았다.
쉬이익!
성호의 목검에서는 가볍게 휘두르는데도 파공성이 일어났다.

천룡단주는 성호가 가볍게 검을 휘두르는 것을 보고 내심 검술에도 대단한 실력을 가지고 있다는 것을 알 수가 있었기에 절대 방심을 할 수가 없다는 것을 알았다.

"자, 검을 가지고 왔으니 이제 대련을 시작하겠습니다."
"그렇게 하지요."

성호는 검을 착검하는 자세를 하면서 천룡단주를 정면으로 보았다.

천룡단주는 성호의 자세가 발검술을 위한 것임을 알았다.

지금 성호가 취하는 자세는 빠른 검을 사용하는 검술로 천룡단도 그런 검술을 익히고 있는 단원들이 있기에 천룡단주는 성호를 무시하지 않고 자세를 취했다.

천룡단주는 성호의 자세를 보며 공격을 할 기회를 노렸고 성호는 그저 단주를 보고만 있었다.

약간의 시간이 흐르자 천룡단주는 먼저 검을 들고 공격을 시작했다.

"이얏!"

성호는 단주의 공격을 보며 빠르게 검을 사용하여 단주의 검을 쳐냈다.

딱!

그리고는 연속으로 단주를 공격하기 시작했다.

천룡단주는 성호의 검이 생각 이상으로 빠르다는 것을 느끼면서 자신도 방어를 하였다.

하지만 성호의 공격은 마치 폭풍처럼 거세게 이어지고 있어서 천룡단주도 이를 막아내느라 진땀을 빼고 있었다.

딱딱딱딱!

성호의 공격을 보고 있는 비선문의 무인들은 손이 땀이 흐르는 것도 모르고 성호의 검술을 보고 있었다.

성호는 검술을 사용하고 있는데 이거는 마치 물이 흐르는 것처럼 자연스럽게 연속해서 공격을 하고 있었다.

그리고 가장 중요한 것은 부드러움 속에 강한 힘이 담겨 있는 검술이었기에 단주가 지금 죽을 고생을 하며 방어를 하고 있다는 것이 눈에 보일 정도였다.

이러한 사실에 비선문의 무인들은 성호의 실력이 자신들이 생각하는 이상으로 강하다는 것을 알게 되었다.

천룡단주는 지금 자신이 공세를 막아내고 있다곤 해도 이렇게 가다가는 자신은 그대로 당할 수밖에 없다는 사실을 알기에 고심하는 중이었다.

'제길, 무슨 이런 검술이 다 있는 거야? 너무나 빠른 쾌검

이다!'

 천룡단주는 괜히 검술을 겨루자고 하여 망신을 당하게 생겼다는 생각이 들자 점점 검으로 방어를 하는 것이 힘들어지게 되었다.

 성호는 단주의 검이 서서히 힘들어하는 것을 보게 되자 바로 공격의 패턴을 다르게 하였고 이런 변화는 천룡단주도 크게 당황하기 시작했다.

 그러던 순간, 성호의 검은 어느샌가 정확하게 단주의 목에 닿아 있었다.

 "이제 그만하시지요."

 "졌습니다."

 천룡단주는 성호의 검술이 얼마나 강한지를 느꼈기에 스스로 패배를 인정하게 되었다.

 천룡단주가 선언하자 비선문의 무인들은 다들 놀라지 않을 수가 없었다.

 아마도 비선문에서 검술로는 가장 강한 사람들 중에 한 사람으로 꼽으라면 천룡단주도 그중 한 명에 속하기 때문이었다.

 그런 천룡단주와 대련을 하여 승리한 성호를 보는 무인들은 절로 성호의 실력에 감탄을 하게 되었다.

 "좋은 검술을 익히고 계십니다. 하지만 제가 상대를 한 천우회의 고수들은 저도 검으로 승리하기가 쉽지 않은 자들이 많았습니다. 그들이 익히고 있는 검술은 오로지 사람을 죽이는 그런 검술을 익히고 있었기 때문입니다."

일본의 무인들은 대부분이 살인을 하기 위한 살술을 익히고 있다는 것은 비선문의 무인들도 알고 있었다.

하지만 성호가 이야기를 한 것처럼 그렇게 강자가 천우회에 많이 있다면 이는 비선문의 입장에서는 큰일이었다.

성호의 발언은 비선문의 무인들을 크게 놀라게 만들었다.

"아니, 자네는 천우회의 무인들과 상대를 해보았는가?"

"예, 예전에 검술을 사용하는 자와 대결을 하였는데 정말 죽을 고생을 해서 겨우 이길 수가 있었습니다. 그렇지 않았다면 아마도 제가 이 자리에 이렇게 서 있을 수는 없었을 겁니다."

성호의 대답에 한 장로는 진심으로 걱정이 되었다.

도대체 천우회는 조직은 어떤 조직이기에 그렇게 강한 무인들을 많이 데리고 있는지가 걱정이 되었다.

"그러면 그런 정보는 어째서 알려주지 않았던 것인가?"

"저도 천우회가 이렇게까지 나올 줄은 몰랐습니다. 일본의 단체이기 때문에 설마 한국에서 와서 그런 행동을 할 거라고는……"

성호의 이야기를 듣고 있는 비선문의 무인들도 충분히 이해가 가고도 남았다.

하지만 이제 와서 그런 사실을 알려주는 것이 기분이 좋지만은 않았다.

한 장로도 그런 얼굴을 하고 있는 것을 보면 말이다.

"알겠네. 천우회에 대해서 우리는 무언가 잘못 생각하고 있다는 것을 알았으니 앞으로 대책을 세워야겠군그래."

한 장로는 천우회에 대한 것을 다시 세밀히 알아봐야겠다는 판단을 내렸다.

성호는 비선문의 앞날을 생각해서 이번에는 천우회에 대한 정보를 그냥 주어야겠다는 생각을 하였다.

"이번에 천우회에 대한 새로운 정보가 있는데 제가 드리겠습니다. 이번 정보는 전에 제가 추가로 부탁한 정보였기에 돈을 지불하지 않아도 되는 정보입니다."

성호는 그렇게 말을 하고는 한 장로를 보았다.

한 장로는 지금 성호가 보여준 실력을 보고 정말 대단히 뛰어난 실력을 가지고 있다는 것을 확인하였기에 사실 속으로 상당히 놀라고 있었다.

저런 나이에 저런 무위를 가지고 있을 수가 있는지가 이해가 가지 않을 정도로 말이다.

성호의 발언으로 인해 더 이상의 대련은 없어졌지만 비선문의 무인들에게는 더욱 걱정이 되게 만들었다.

앞으로 천우회를 상대하려면 자신들이 어찌해야 할지를 말이다.

한 장로는 무인들을 모두 돌려보내고 성호와 개인적인 만남을 만들었다.

"자네의 무예는 가문의 무예라고 하였는데 한국의 전통무예인가?"

"그렇습니다. 한국 고대의 무예가 그대로 전해진 것입니다."

"헉! 자네 방금 전 고대 무예라고 하였는가?"

"예, 저도 배우면서 그렇게 들었습니다. 이제는 맥이 끊어져 사라졌지만 저희 가문에 유일하게 전해지고 있다고 하셨습니다."

성호의 말은 한 장로는 놀라게 하기에 충분한 말이었다.

한 가문에 고대의 무예가 아직도 전승이 되고 있다는 말은 아직은 희망이 보였기 때문이었다.

비선문에게 무예란 자신들이 숭상하는 혼이자 얼이었다.

비선문의 육신을 자신들이라 한다면 무를 숭상하고 마음을 닦는 모든 행위는 혼이라 할 수 있었다.

그리고 이러한 것들을 이어주고 맥을 만들어주는 것이 무예로 이것이야말로 비선문을 여태껏 있게 만든 얼이라 할 수 있었다.

한데 이 얼이라고 하는 것은 정신의 줏대로 대대로 물려 내려오는 힘을 상징한다고 해도 과언이 아니다.

그런 얼이 어느 순간부터 약해진 이유는 바로 일제강점기에 그들에게 무예 비급들을 빼앗기고 후예들이 척살당하면서 벌어진 비극이었다.

해방 이후 비선문은 고대의 무예를 그대로 복원하려고 많은 노력을 하고는 있지만 아직도 이를 무엇 하나 명확하게 복원한 것이 없는 상황이었다.

그런 상황에서 고대 무예의 정통 후계자가 나타났다니…….

이는 잃어버린 얼을 되찾는 것과 다를 바 없을 뿐더러 비선문의 진정한 모습으로 도약하기 위한 희망이라 할 수 있었다.

그리고 현대의 무예가 약한 것은 아니지만 피와 살을 깎고 생을 위해 투쟁해야 했던 고대의 무예와 비교한다면 사실 아직도 많은 것이 부족하기만 한 상태였다.

그런데 그런 와중에 고대의 무예를 알고 있는 성호가 나타났으니 한 장로의 눈에는 희망이 보이기 시작했다.

물론 성호가 가문의 무예를 줄 수가 없다고 하면 어쩔 수 없는 일이었다.

그러나 만약 가능하다면 한 장로는 자신의 딸을 이용해서라도 성호의 무예를 배우고 싶었다.

이는 자신만 배우는 것이 아닌 비선문의 모든 무인에게 그 배움의 길을 열어주고 싶은 생각이었다.

이것은 비선문의 혼과 육을 이어주는 얼을 수복하는 진정한 과정이기도 하기 때문이다.

태클 걸지 마!

 성호는 비선문의 한 장로와 많은 이야기를 나누었고 한 장로가 원하는 것이 자신이 배운 고대의 무예라는 것을 알게 되었지만 한 장로에게 이를 알려줄 수는 없었다.
 자신도 한 사람의 무인이기 때문에 비전이라는 것이 어떤 것인지를 알기 때문이었다.
 "장로님 저희 가문의 비전을 외부인에게 알려줄 수는 없습니다. 이는 한 장로님도 저와 같은 입장이라면 그렇게 하셨을 겁니다."
 한 장로도 성호의 말이 무슨 말인지를 알고 있었다.

비선문에 내기법을 전하다 153

가문의 비전을 알려달라고 하는 자신은 지금 얼마나 창피한 짓을 하고 있는지를 알고 있었지만 이대로 포기를 할 수는 없는 일이었다.

당장 눈앞에 걸린 천우회의 무인들이 강하다는 이야기를 들었는데 얼이 온전치 않은 비선문의 무인들로서는 몰살을 당할 수도 있다는 위기감도 한몫했다.

그런 상황에서 성호의 무예는 비선문에 날개를 달아줄 수가 있는 것인데 이를 쉽게 포기를 하겠는가 말이다.

"알고 있네. 내가 지금 자네의 가문의 비전을 달라는 것이 얼마나 자네를 난처하게 하는지를 말일세. 하지만 고대의 무예는 자네 가문에서만 알고 있기에는 이 땅의 무인들이 가지는 열망을 무시할 수가 없기에 이렇게 부탁을 하는 것일세. 천우회의 무인들이 강한 이유가 바로 고대의 무예를 어느 정도는 회복을 하였기 때문에 가능한 것이라고 판단을 하고 있다네. 그리고 그들의 무예의 상당수가 사실은 우리의 얼이 내려져 온 우리 무예가 아니던가."

한 장로는 계속해서 성호를 설득하기 위해 이야기를 하게 되었고 지금 현대의 무인들은 한국과 중국 그리고 일본에 남아 있는데 이들이 강해지는 척도가 바로 고대의 무예를 얼마나 복원을 하였지에 따라 갈린다는 의미도 되었다.

비선문의 무인들도 고대의 무예를 복원하기 위해 얼마나

많은 노력을 하고 있는지에 대해서도 설명을 하였다.

성호는 한 장로의 말을 들으면서 이들이 고대의 무예에 얼마나 목을 매달고 있는지를 알 수가 있었다.

한 장로는 고대의 무예를 알려준다면 비선문이 가지고 있는 재산의 절반을 주겠다고 할 정도면 얼마나 고대의 무예를 갈망하는지 보여주고 있는 것이다.

성호는 자신이 익히고 있는 무예를 다시 한 번 생각하게 만드는 계기가 되기는 했고 말이다.

성호가 익히고 있는 것은 내공심법과 검술, 그리고 체술과 보법, 마지막으로 경공이었다.

물론 내공심법은 두 가지였는데, 그 한 개는 치료를 하는 침술에 나와 있는 것이라 굳이 익히지는 않았지만 성호가 기억하고는 있었다.

게다가 한 장로가 원하는 무공의 핵심은 바로 내공심법에 있었다.

다른 것은 개발할 수가 있을지 몰라도 내공심법만은 아직도 복원을 할 수가 없었기 때문이다.

그러니 한국의 무인들이 더 이상 성장을 멈추고 있다고 보아야 했다.

더 배우고 싶어도 발전을 하지 못하는 것만음 괴로운 것은 없다고 여기는 그들이다.

또한 성호는 침술에 기록이 되어 있는 운기법을 생각하며 여러 가지를 생각한 바 있었다.

이들이 원하는 수준이 얼마나 되는지를 모르지만 침술서에 기록이 되어 있던 내기법만 해도 충분할 것이라는 생각이 들었다.

내기법이란 무엇을 가지고 하더라도 오랜 시간을 투자하여 수련하면 그 효과를 발휘하게 마련이다.

그렇지만 자신이 익히고 있는 것은 이들에게 절대로 공개를 하지 않을 생각이었다.

자신이 남을 위해 도움을 줄 수는 있지만 내가 가지고 있는 모든 것을 주고 싶지는 않았기 때문이다.

무공서에서 이르길 상대와 싸움에 있어 자신의 일할은 언제나 숨겨두라고 조언되어 있기도 했다.

한참을 생각한 성호는 한 장로를 보았다.

"한 장로님, 지금 비선문의 무인들이 익히고 있는 내기법은 어떤 것입니까?"

성호의 말에 한 장로는 눈빛이 반짝였다.

오늘 성호가 반대를 하면 자신은 딸인 설희를 이용하여 미인계를 사용해서라도 내기법을 얻을 생각을 하고 있었는데 성호의 말을 듣자 희망이 보였기 때문이다.

"우리 비선문의 무인들은 모두 같은 내기법을 익히고 있네. 지금 바로 보여주겠네."

한 장로는 그렇게 말을 하면서 뒤에 있는 책을 가지고 왔다.

여기는 한 장로가 사용하는 사무실이었기 때문에 내기법을 비치하고 있었다.

성호는 한 장로가 자신에게 내기법을 굳이 보여주려는 이유가 성호가 가지고 있는 내기법을 알고 싶은 열망 때문임을 잘 알고는 있었다.

그러나 굳이 내색하지 않고 그가 하는 것을 지켜만 보았다.

온전하게 자신의 것을 모두 보여줄 수는 없더라도 조금이나마 한국의 무인들이 발전할 수 있다면 도움을 주고 싶기 때문이었다.

잠시 후 한 장로가 내기법이 기록된 책을 가져왔고 이를 확인한 성호는 어이가 없는 표정을 지었다.

"아니, 지금까지 이런 내기법을 익히고 어떻게 내공을 쌓을 수가 있었습니까?"

성호가 보기에는 완전히 순엉터리의 내기법이었기 때문이다.

이것은 엉성하기만 하고 실질적인 소득은 없는 그런 내용들이었다.

즉 일반인이 익히고 있는 단전호흡법과 그리 다를 것이 없다는 이야기였다.

　게다가 누군가가 이 내기법에 장난을 쳐두어서 변질되어 있는 부분들도 있었다.

　그로 인해 실속이라고는 하나도 있지 않았다.

　한 장로는 성호가 어이없다는 표정을 지으며 하는 소리에 솔직히 쥐구멍이라도 있으면 들어가고 싶은 기분이었다.

　그만큼 창피하였기 때문이다.

　"험, 그래도 비선문은 그런 내기법을 익히면서 많은 고수를 만들었네."

　한 장로의 말에 성호는 신기한 눈빛을 하며 한 장로를 보게 되었다.

　그리고 한국의 비선문이 약한 이유가 그들 스스로가 약해서라기보다는 온전한 내기를 지닐 수 없는 한계점이 큰 역할을 하고 있음을 깨달았다.

　그런 점에서 본다면 외려 내기를 어느 정도 이상 보유하고 있는 것이 외려 신기하기만 할 따름이었다.

　자신이 치료술에 있는 내기법만 해도 엄청난 것이라는 것을 성호는 깨닫게 되었다.

　현대인의 사고방식으로 그것을 이해하려면 시간이 필요하기는 하겠지만 그래도 어느 정도의 시간이 지나면 이를 익히고 있는 무인이라면 엄청난 발전을 할 수가 있었다.

"휴우, 우리 가문의 내기법을 공개하게 되면 저희는 더 이상 비전이라고 할 수가 없는 것이 되어 전 조상들에게 할 말이 없어질 겁니다. 그것은 아시지요?"

성호의 말에 한 장로는 정말로 미안한 얼굴을 하며 대답을 했다.

"알고 있네. 자네와 자네의 가문에는 정말 미안하게 생각하네. 하지만 비선문은 한국의 유일한 무인들의 단체이네. 이들이 발전을 해야 다른 나라에 창피하지 않을 수가 있다네."

삼국의 무인들은 예전에는 서로의 무예를 비교하기 위해 돌아가면서 대회를 열기도 했었다.

하지만 언제부터인가는 그런 것도 사라지게 되었고 각국은 자신의 나라에 있는 무인들과 대련을 하며 서로의 실력을 비교하게 되었던 것이다.

비선문도 모든 무인들이 함께 하기로 하면서 성장을 하였지만 솔직히 조금은 다르게 변질이 되기도 했지만 지금은 천우회라는 적을 두고 있어 모두가 마음을 합칠 수가 있게 되었던 것이다.

한 장로도 마찬가지였고 말이다.

"알겠습니다. 그러면 비선문의 무인들이 모두 있는 자리에서 비전을 전하도록 하겠습니다. 제가 그러는 이유는 한 장로님을 믿지 못해서 그러는 것이라고 생각지 말아 주십시오."
 성호는 혹시 한 장로가 오해를 하지 않도록 말을 했다.
 한 장로는 성호가 모든 무인들이 있는 자리에서 비전을 전해주겠다는 말에 바로 얼굴이 환해졌다.
 한 장로의 입장에서는 비전을 전해 주는 것만 해도 황송한 입장이었기에 다른 오해라는 것은 생각도 하지 않고 있었다.
 "허허허, 오해라니 그게 무슨 소리인가. 내 당장 비선문의 모든 무인들을 모으겠네."
 한 장로는 그렇게 말을 하고는 빠르게 사라졌다.
 성호는 그런 한 장로를 보고 입가에 실소를 머금게 되었다.
 "내 참 저렇게 좋을까."
 성호는 혼자 남아 기억 속에 남아 있는 내기법을 조금씩 정리하게 되었다.
 이들이 익히고 있는 것을 생각해서 어느 정도는 알기 쉽게 하기 위해서였다.

 성호가 그러고 있는 사이 한 장로는 모든 무인들을 집합하라는 지시를 내렸다.
 "당장에 비선문의 모든 무인들을 강당에 오라고 전하게.

장로들이 있는 곳은 내가 직접 전할 것이니 다른 무인들에게 전하도록 하게, 빨리. 알겠나?"

"예, 장로님."

한 장로가 갑자기 모든 무인들을 강당으로 모이라는 것은 그 이유가 있을 것이라고 생각하고 빠르게 움직이고 있었다.

한 장로는 바로 장로들이 있는 곳으로 갔다.

"이보게. 최 장로 드디어 고대의 무예를 배울 수가 있게 되었네."

"그게 무슨 소리인가? 고대의 무예라니?!"

최 장로는 한 장로가 하는 소리에 놀라서 소리를 쳤다.

덕분에 다른 장로들도 모두 놀라는 얼굴을 하며 한 장로를 보게 되었다.

"성호 군이 익히고 있는 무예가 바로 고대의 무예라는 말일세."

한 장로는 그렇게 말을 하면서 자세하게 이들에게 성호에게 들은 이야기를 전하게 되었다.

듣고 있던 장로들은 모두가 놀라는 눈빛을 하며 한 장로의 말에 귀를 기울이고 있었다.

"그러니까. 성호 군이 익히고 있는 것이 가문의 비전이었고 그 비전이 우리가 복원을 시키려고 하는 고대의 무예의 한

맥이란 말인가?"

최 장로는 한 장로의 긴 설명을 간단하게 단축하여 물었다.

"그렇네. 지금 당장 강당으로 가세."

"허허허, 그토록 복원하고 싶어 찾아다닌 게 얼마던가! 아직도 찾지를 못해 애를 먹고 있었는데 한 가문에 아직도 고대의 무예가 전승되고 있었다니……."

최 장로와 다른 장로들도 같은 표정을 짓고 있었다.

이들은 그동안 자신들이 얼마나 고생을 하며 내기법을 찾으려고 하였는지를 생각하니 솔직히 허탈하기만 했다.

"어서 가세."

"자네들은 강당으로 먼저 가서 모이게 된 이유를 설명해주도록 하게. 성호 군이 가면 바로 시작할 수 있도록 말일세."

"알겠네. 그렇게 하지."

장로들도 모두 강당으로 이동을 하자 한 장로는 성호가 있는 곳으로 갔다.

"이제 모두 모였으니 가도록 하세."

"예, 가시지요."

성호는 한 장로를 따라 강당이 있는 곳으로 갔다.

강당에는 비선문의 모든 무인들이 모여 웅성거리고 있었다.

성호는 한 장로가 강당의 제일 앞으로 데리고 갔다.

성호가 도착하자 웅성거리던 무인들은 모두가 조용해졌다.

성호는 그런 무인들의 눈빛이 지금 뜨겁게 변해 있다는 것을 알았다.

그만큼 고대의 무예는 이들이 갈망을 하고 있었던 것이기 때문이다.

"지금부터 저희 가문의 비전인 고대의 내기법을 전하도록 하겠습니다."

성호는 그렇게 말을 하고는 바로 내기법을 이야기하기 시작했다.

모든 무인들은 지금 숨도 쉬지 않고 성호가 하는 소리에 귀를 기울이고 있었다.

비선문의 무인들은 성호가 알려주는 내기법을 들으면서 확실히 고대의 무예가 대단하다는 것을 알 수가 있었다.

자신들이 익히고 있는 내기법은 너무도 추상적인 것들이었는데 성호가 지금 이야기를 하는 내기법은 규칙이 있고 누가 들어도 금방 이해를 할 수가 있도록 정리가 되어 있었기 때문이다.

그리고 가장 중요한 것은 바로 내기법에 따라 내기를 움직이는 방법이었다.

그동안 자신들이 익히고 있는 것과는 확연히 달랐기에 주의가 필요했다.

한참의 시간을 그렇게 내기법을 알려준 성호는 무인들을 보았다.

이들은 지금 성호가 알려준 내기법을 이용하여 운기를 시작하고 있었다.

이미 내기를 운영하는 방법을 알고 있는 무인들이었기에 새롭게 알려주는 내기법은 금방 이해하게 되었는데 성호가 아주 자세히 설명을 해준 덕에 가능한 일이기도 했다.

비선문의 무인들은 이제 확연히 자신들이 달라지는 것을 느끼게 될 터이고 내기법만 잘 이용하게 되면 천우회와 상대를 해도 절대 밀리지 않을 것이라는 확신을 가지는 성호였다.

솔직히 한국의 무인들이 일본의 무인에게 밀리는 것은 성호의 입장에서도 자존심이 상하는 일이라는 점도 한몫 거들긴 했다.

물론 그에 대한 대가로 많은 돈을 받기로 되어 있지만 말이다.

성호는 운기를 하는 무인들을 보고 있다가 조용히 자리를 피해주었다.

강당을 나와 비선문의 안을 천천히 산책을 하고 있으니 강당의 무인들은 하나둘 정신을 차리기 시작했다.

제일 먼저 정신을 차린 사람은 바로 가장 강한 한 장로였다.

"정말 대단한 내기법이다. 이런 내기법이 있으면서 발전을 하지 않는다는 것은 절대 있을 수 없는 일이지 암."

한 장로는 한 번의 내기법을 순환함으로 인해 전보다는 더 강해진 자신을 느낄 수가 있었다.

그리고 진심으로 대단한 내기법이라고 생각하며 감탄하지 않을 수 없었다.

하지만 성호가 익히고 있는 내기법을 알게 되면 아마도 질투를 참지 못하게 되겠지만 말이다.

한 장로가 깨어나면서 다른 무인들도 정신을 차리기 시작했고 이들은 모두가 전보다는 강해진 자신을 느끼고 있었다.

이들이 단번에 갑자기 강해지게 된 이유는 그동안 내기법을 이용하여 내기를 쌓기는 했지만 효율적으로 하지 못한 탓에 단전보다는 몸 전체에 이리저리 흩어져 있던 것이 큰 영향을 주고 있었다.

하지만 분명히 내기가 몸속에 퍼져 존재하고 있었고, 이를 정상적으로 운기하니 그것들이 전부 단전으로 모여들어 원래 그들이 지니고 있어야 할 내공으로 서서히 돌아오게 된 덕분이었다.

"험, 정신이 들었소?"

"험, 험, 이거 정말 대단한 내기법이지 않소?"

장로들은 정신을 차리면서 하는 소리가 내기법에 대한 이야기로 여념이 없었다.

스스로가 생각해도 한 번 운기하여 강해진 자신들을 느낄 수가 있게 되었으니 지금 다른 것에는 신경이 가지 않는 것이 당연한 일이었다.

이들은 내기법에 정신이 빠져 지금 성호가 있는지도 관심을 가지지 않고 있었다.

한 장로는 내기법에 대한 대가로 비선문의 재산을 절반이나 주기로 하였지만 정말 그런 돈이 아깝지 않을 정도로 내기법은 대단하다고 생각하고 있었다.

그리고 너무나 고마운 마음에 하루라도 빨리 자금을 지불을 해야겠다는 생각을 할 정도였다.

한 장로가 알기로는 성호가 지금 진성의 실질적인 보스였기에 조직을 정비하려면 적지 않은 자금이 소요가 된다는 사실을 알고 있어서였다.

자신들이 잃어버린 얼의 가닥을 되찾아주었는데 도와주지 못한다면 그것은 사람이 아니라 여길 정도였다.

'성호 군에게 당장 가지고 있는 여유 자금을 바로 지불해 주어야겠어.'

이는 성호가 사실 얼마나 많은 자금을 가지고 있는지를 한 장로가 몰라서 하는 소리였다.
　성호도 이미 많은 자금을 가지고 있었고 조직에 대한 자금 정도는 알아서 처리가 될 정도는 되었기에 비선문이 주는 자금은 사실 없어도 그만이었다.
　게다가 한 장로는 그렇게 자금을 빨리 주려는 의도는 사실 다른 이유도 있었는데 바로 자신의 딸과 성호가 인연이 되기를 바라기 때문이었다.
　성호의 실력을 눈으로 보아서 지금 성호가 얼마나 대단한 실력을 가지고 있는지를 알기에 그런 성호를 결코 놓치고 싶지가 않아서였다.
　한 장로는 성호에 대한 생각을 하다가 문득 성호가 지금 이 자리에 없다는 것을 알게 되었다.
　"아니, 성호 군은 어디로 갔지?"
　한 장로의 중얼거림은 다른 장로들도 듣게 되었고 장로들은 한 장로의 말에 자신들에게 엄청난 것을 알려준 성호를 생각하게 되었다.
　"헉! 이런 내 정신이 성호 군에게 고맙다는 말을 해야 하는데 말이야."
　장로들은 성호를 생각하자 내기법이 성호가 알려주었다는 것을 생각하고는 모두들 성호를 찾게 되었다.

"성호 군이 어디에 있는지 당장 찾아보도록 해라."

비선문의 무인들이 모두 내기법을 갈무리하고 정신을 차렸기 때문에 장로들의 명령에 무인들은 바로 성호를 찾기 위해 움직이게 되었다.

무인들이 대거 강당에서 나오자 성호는 주변을 구경하고 있다가 무인들을 보게 되었다.

"이제 운기가 끝났군그래."

성호는 이들이 새로운 운기법으로 인해 얼마나 성장할지는 모르지만 얼굴들을 보니 강해지고 있다는 것을 알고는 있다고 생각했다.

"성호님, 안에서 장로님들이 찾으십니다."

무인들은 자신들에게 커다란 은혜를 주었기에 본인들도 모르게 존칭을 사용하고 있었다.

그리고 성호가 강하다는 것을 이들도 알고 있었기에 스스로가 존칭을 하게 되어 있었다.

비선문에서는 강자가 무인들을 지휘하게 되어 있기 때문에 몸에 익숙해져서일 수도 있었다.

"알겠습니다. 가시지요."

성호는 무인들과 다시 강당으로 갔고 그 안에 자신을 아주 신기한 눈빛을 보고 있는 눈길들을 볼 수가 있었다.

성호는 그런 눈길에 부담이 되었지만 자신이 준 내기법은 그만한 값어치가 있다고 생각을 하고는 어깨를 펴고 걸어갔다.

"성호 군, 알려준 새로운 내기법은 정말 우리 비선문에는 반드시 필요한 것이었네. 가문의 비전을 내주기가 상당히 어려웠을 것인데도 이렇게 우리에게 주어 고맙게 생각하네."

한 장로는 성호에게 가장 먼저 고맙다는 인사를 하였다.

이들도 무인이기 때문에 나름대로 가문에 따로 자신들의 비전을 두고 있었다.

장로들 하나하나가 각자 무가를 이루고 있는 이들인 데다가 저마다 비롯 유실된 부분이 상당하다고는 해도 저마다 가문의 비전들을 소중히 간직하고 있기에 성호의 행동에 감탄할 수밖에 없는 것이었다.

그것도 자신들처럼 불완전한 비전이 아닌 원형을 고스란히 유지하고 있는 비전이니!

그러니 성호가 가문의 비전을 전해주었다는 것은 무인들에게는 얼마나 힘든 것인지를 이들이라고 모를 수가 없는 일이었다.

그렇기에 이렇게 진심으로 고마운 눈빛을 하며 성호를 보고 있는 것이다.

"이미 알려드린 것이니 인사는 그만 받겠습니다. 이제 비선문은 새로운 내기법으로 인해 더욱 강해졌으면 좋겠습니다."

성호는 한 장로와 다른 장로들을 보며 강해지라는 말을 하였다.

사실 비선문이 약한 것은 아니지만 하지만 아직은 천우회에 비해서는 미약하기 때문에 이들은 어쩔 수없이 강해지라 조언하는 수밖에 없는 상황이었다.

그래도 다행인 것은 이제는 내기를 더욱 많이 쌓을 수 있는 방법이 이들에게도 생겼으니 아마도 이들은 쉬지 않고 수련에 몰두를 할 것이라고 생각하는 성호였다.

"고맙네. 정말 고맙다는 말밖에는 할 말이 없네."

장로들도 개인적으로 모두 고맙다는 말을 하며 성호를 보았다.

어느 정도의 시간이 지나자 이제 인사는 받지 않아도 되었기에 성호는 다시 한 장로와 시간을 가지게 되었다.

"한 장로님, 여기 천우회에 대한 정보입니다. 이들의 총단이 있는 위치도 나와 있는 것입니다."

성호가 주는 서류에는 천우회에 대한 모든 것이 담겨 있는 정보였다.

한 장로는 성호가 주는 서류를 보면서 놀라는 눈빛을 하였다.

자신들이 생각하는 이상으로 천우회가 방대하였기 때문이고 그들의 실력이 생각보다는 강하다는 것을 알았기 때문이었다.

"도대체 천우회가 생긴 지가 얼마나 되었기에 이 정도로 방대한 세력을 만들 수가 있는 건가?"

"제가 듣기로는 백 년의 세월을 천우회를 만들었다고 들었습니다. 천우회는 일본의 정치인과 유대관계를 가지면서 자신들의 존재를 감추고 있었다고 합니다."

"결국 정치인들이 그들을 숨겨두었다는 말이군."

"예, 그렇게 하니 이들이 숨을 수가 있었던 것 같습니다. 그렇지 않았으면 오랜 시간을 그렇게 숨어 있을 수가 없었겠지요. 천우회의 하부 조직으로 이들은 야쿠자도 움직이고 있었습니다."

"흠, 천우회라는 단체는 정말 대단한 힘을 가지고 있겠군 그래."

한 장로가 생각하기로는 그런 오랜 시간을 단체를 움직이려면 아마도 상당한 거물과 깊은 관계를 가지고 있을 것이라는 생각이 들어서 하는 소리였다.

성호도 한 장로의 말을 들으며 그렇게 생각을 하고 있었으니 말이다.

"저도 그렇게 생각하고 있습니다."

"저들을 상대하려면 우리도 무언가 준비를 해두어야겠지?"

"아직은 나라를 상대로 움직일 수는 없을 겁니다. 하지만 무인이라면 조금 달라지겠지요. 그래서 비선문을 노린 것 같습니다. 자신들이 강하다는 것을 알리기 위해서 말입니다."

성호가 자신이 짐작하고 있는 바를 차분히 정리하여 한 장로에게 말했다.

이는 천우회가 비선문을 노린 이유와 딱 맞아떨어지는 것이어서 한 장로 스스로가 판단했을 때도 확실하게 납득할 만한 소리였다.

"우선은 우리 비선문의 무인들이 더욱 수련에 많은 시간을 가지도록 해야겠네. 저들과 전쟁을 하려면 결국 강자만이 살아남을 수밖에 없으니 말이야."

"예, 제가 보기에도 그 방법이 가장 현명한 것이라고 생각합니다."

성호는 한 장로와 앞으로 비선문이 나가야 하는 길에 대한 것들을 심각하게 토론을 하였다.

어느 정도 시간이 지나자 성호는 한 장로와 이야기를 마치고 돌아가기 위해 비선문을 나서고 있었다.

그런데 그런 성호의 감에 이상하게 걸려드는 기운이 얼마

멀지 않은 곳에 있었다.

 '응? 이 기운은 내기를 사용하는 사람들이 가지고 있는 것인데?'

 성호는 비선문의 무인이 아닌 다른 존재가 지금 비선문을 감시하고 있는 것을 감지하게 되자 입가에 자신도 모르게 묘한 미소가 생기고 있었다.

Chapter 06
천우회의 특급 무인

태클 걸지 마!

 성호는 비선문을 벗어나며 차로 가지 않고 살짝 다른 길로 가는 것처럼 위장을 하고는 바로 놈이 있는 위치로 은밀히 접근을 하게 되었다.
 비선문을 주시하고 있는 사람은 동양인이 아닌 외국의 인물이라 성호를 헷갈리게 하고 있었다.
 성호는 내기를 가지고 있는 놈이라 천우회의 무인이라고 생각하였는데 직접 보니 그렇지가 않아 혼란스러웠던 것이다.
 '응? 어째서 외국인이 여기를 감시하는 거지?'

성호는 이상하게 생각을 하다가 갑자기 남자가 말을 하는 것을 듣고는 상대가 혼혈이라는 것을 알게 되었다.

"이상하네? 놈들의 본부에는 그렇게 강한 무인이 없는 것 같은데 말이야? 도대체 총단에서는 무슨 일을 이따위로 하는 거야?"

남자가 하는 말은 일본어였고 성호는 총단이라는 말에 상대가 천우회의 무인이라는 것을 알게 되었다.

성호는 천우회가 이번에는 제법 강한 자를 보냈다는 것을 알았다.

성호가 보기에도 남자는 상당한 실력을 가지고 있는 사람으로 보였기 때문이다.

그 내기도 상당하였고 말이다.

특급 무인들은 일본의 천우회가 특별하게 제작한 약을 먹고 강한 내공을 만든 자들이었지만 그 약의 기운이 너무 강해 이를 이기는 인물이 많지가 않아서 천우회도 많은 무인들을 보유하지는 못하고 있었다.

약물을 복용을 하여 기운을 이기지 못하면 바로 폐인이 되거나 심하면 죽는 상황이 발생하기에 천우회에서도 열심히 키운 무인들을 그렇게 허무하게 죽일 수가 없어서 보류를 하고 있었던 것이다.

'일단 저자를 먼저 제압을 해서 정보를 얻어야겠다.'

성호는 그렇게 생각을 하고는 바로 남자를 제압하기 위해 움직였다.

하지만 남자도 내기를 가지고 있는 자였기에 미약하지만 성호가 내기를 사용하는 순간에 무언가 이상한 감을 잡았는지 갑자기 주변을 살피기 시작했다.

성호는 남자의 행동을 보고 속으로 대단하다는 생각을 하였다.

'생각 이상으로 강자라는 말이지.'

성호는 남자를 잡아야겠다는 생각을 더욱 강하게 들었기에 처음부터 강하게 공격할 생각을 하게 되었다.

이런 자는 약하게 했다가 괜히 놓칠 수도 있었기 때문이었다.

성호가 은밀히 공격을 하였지만 이는 남자도 예상을 하고 있는지 바로 방어를 하려고 하였다.

쉬이익!

꽝!

꽈직!

"크억!"

성호의 일격에는 남자가 감히 당해내지 못할 정도의 내기가 담겨 있었기에 남자는 그 일격에 그대로 뒤로 날아가고 말았다.

성호는 남자가 날아가자 바로 남자를 잡아챘다.
 아직 남자가 정신을 차리고 있을 것이라고 생각하고는 잡으면서 바로 혈도를 제압한 성호였다.
 성호는 남자를 보며 조용히 입을 열었다.
 "천우회의 무인인가?"
 남자는 가슴에 갈비뼈가 부러졌는지 가슴에 엄청난 고통을 느꼈지만 아직은 정신을 잃지 않고 있었다.
 성호는 남자의 가슴에 심한 타격을 입었기에 지금 많은 고통을 느끼고 있을 것이라고 생각하고는 바로 남자의 가슴에 반지의 기운을 이용하여 치료를 해주었다.
 물론 전부를 치료하는 것이 아니라 약간만 치료를 하는 것이었다.
 부상을 당한 상태에서 바로 치료를 하게 되면 이상하게 생각을 할 수도 있었기 때문이었다.
 어느 정도 통증을 치료하자 성호는 남자의 몸에서 손을 떼었다.
 "자 이제 대화를 할 수 있을 것이라 생각한다. 다시 묻지 천우회의 무인인가? 후지산 총단에서 보낸 특별한 녀석이겠고."
 남자는 성호가 천우회를 속속들이 알고 하는 질문이라는 것을 알아차렸다.

천우회의 총단의 위치를 알고 있는 자라면 사실상 천우회의 핵심들을 모두 파악하고 있다 해도 과언이 아닐거란 판단에서였다.
　"그렇다. 천우회의 특급 무인이다."
　"천우회는 무인들이 제법 많기도 하구나. 특급 무인도 있고 말이야. 그럼 특급 무인은 모두 얼마나 되는가?"
　"내가 알기로는 세 명이라고 알고 있다."
　"흠, 당신의 나이로 보아 특급의 무인이 되기에는 무언가 이상하다고 생각하지 않나?"
　성호의 질문에 남자는 흠칫 놀라는 표정을 지었다.
　상대가 특급 무인에 대해서 알고 있는 것 같아서였다.
　"어떻게 알았지?"
　"그 정도는 내가 아는 천우회의 정보에서 그리 중요한 것도 아니던데?"
　성호는 천우회에 대한 많은 것을 알고 있기 때문에 이를 이용하여 남자에게 더 많은 정보를 얻기 위해 약간의 속임수를 쓰고 있었다.
　남자는 성호가 진짜로 천우회에 대해 많은 것을 알고 있다고 생각하였는지 자신이 특급 무인이 되었던 상황을 그대로 설명을 해주었다.
　"나는 천우회의 무인으로 제법 자질이 좋다고 하여 특별히

선발이 되었다. 그리고 천우회에서 주는 특수 약을 먹었고 그 약으로 인해 지금의 내공을 가지게 되었던 것이다."

성호는 천우회가 내공을 늘리는 방법을 연구하고 있다는 것을 들었지만 실제로 그것을 사용하여 내공을 키우고 있었는지는 몰랐기에 속으로 상당히 놀라고 있었다.

하지만 겉으로는 조금 흥미로운 눈빛을 하며 남자를 보고 있었다.

그러다가 문득 약물을 사용하여 키운 특급 무인이 세 명밖에 없다는 말이 생각이 났고 그렇다는 것은 그만큼 실패를 할 경우도 많다는 것을 느끼게 되었다.

"그러면 특급 무인들을 만들기 위해 다른 무인들도 많이 참여를 하였겠군그래. 그들은 어찌 되었지?"

"그 약의 기운을 이기는 사람만이 살아남아 나와 같은 존재가 되기는 하지만 그 약의 기운을 이기지 못하면 폐인이 되거나 더 심할 경우에는 죽음을 당하는 수도 있었다. 그래서 회에서도 그 약을 많이 사용하지 못하고 있는 것이다. 아직은 더 연구를 해야 한다고 했던 것으로 기억하고 있다."

성호는 천우회의 놈들이 정말 참 대단한 놈들이라는 생각이 들었다.

일반 무인들을 갑자기 하루아침에 대단한 무인으로 만들

수가 있는 방법을 찾았다는 것만 해도 그들이 얼마나 집요하게 연구를 하였는지를 알 수가 있는 대목이었기 때문이다.

하지만 그런 약을 만들기 위해 또 얼마나 많은 사람들이 죽었을 것인지를 생각하면 천우회는 존재할 가치가 없는 놈들이라는 생각도 들었다.

"무인이 되어서 겨우 약따위를 먹어서 강해지기를 원한 것인가?"

성호의 말에 남자는 말을 못하고 고개를 숙이고 말았다.

자신이 비록 강해지기는 했지만 자신도 약으로 인해 강해졌기 때문에 가끔 부끄럽다는 생각이 들었기 때문이다.

성호는 남자에게 여러 가지를 질문하였고 남자는 자신이 알고 있는 부분에 대해서는 모두 이야기를 해주었다.

일본의 천우회에 속해 있는 특급 무인들은 둘이 더 있었지만 그들이 어디에 거주를 하는지는 오로지 회주와 환밀당의 당주만 알고 있다는 사실도 알게 되었다.

성호는 자신이 일본에 가서 만난 은밀당의 당주도 모르는 비밀들이 천우회에는 많다는 사실을 알게 되었다.

그리고 천우회에는 특급 무인들 말고도 원로라고 하는 자들이 따로 있다고 하였는데 그들의 실력은 특급 무인들과 비교를 해도 그리 차이가 나지 않을 정도라는 정보도 알게 되었다.

덕분에 앞으로 천우회를 상대하는 것에 많은 도움을 받게 되었다.

성호는 남자를 어찌할 것인지를 생각해보았다.

"내가 당신을 어떻게 해주었으면 좋겠는가?"

남자는 이미 천우회에 대한 정보를 누설하였기에 더 이상 천우회의 무인일 수는 없었다.

그리고 비록 자신이 혼혈이기는 하지만 일본인이 아니었기에 사실 천우회의 일을 하면서도 언제라도 빠져나가고 싶었기도 했었다.

게다가 천우회는 지극히 일본 혈통을 중시하는 일본 우파적 성향이 강해 사실상 특급 무인들을 따로 관리는 하지만 모멸찬 시선으로 바라보고 있어 왔다.

다만 가족들이 남아 있기 때문에 어쩔 수 없이 천우회의 일을 하고 있었던 것이지만 말이다.

"나의 가족들을 구해줄 수 있는가? 만약에 나의 가족들을 구해준다면 당신을 위해 일을 하고 싶다."

남자의 눈빛은 거짓이 아니라는 것을 증명하듯이 눈빛이 빛나고 있었다.

남자도 무인이기 때문에 강자를 존경하였고 성호는 약을 이용하여 강자가 된 것이 아니라는 판단이 들자 자신도 그런 방법을 배우고 싶어서였다.

성호는 남자의 말이 진실이라는 것을 알지만 과연 자신이 남자를 수하로 데리고 있을 수가 있는지를 먼저 생각하게 되었다.

자신은 지금은 조직을 운영하고 있지만 나중에는 사람들을 구하는 한의사로 남고 싶었기 때문이다.

하지만 눈앞에 있는 남자라면 조직의 일을 시켜도 무방하였고 나중에 새로운 문파를 만들어도 도움이 되는 존재라는 것을 알고 있기에 고민을 하게 되었다.

한참의 시간을 생각하던 성호가 결정을 내렸는지 남자를 보았다.

"너의 실력이라면 가족들을 구할 수가 있지 않나?"

"가족들이 있는 곳은 총단의 무인들이 대거 모여 있는 곳이라 나도 가족들을 구할 수가 없어서 하는 소리이다. 특급 무인들이나 회에 중요한 인재의 가족들은 모두 같은 곳에 모여서 살고 있고 그들을 관리하는 무인들이 따로 있다. 게다가 구하려 해도 혼자의 힘으로 그들 모두를 제압할 순 없는 노릇이 아니겠는가."

"그렇다면 특급 무인들은 가족들 때문에 모두 천우회에 협조를 하고 있는 것인가?"

"내가 알기로는 대부분이 그렇다고 알고 있다. 어려운 환경 속에서도 가족들은 나를 버리지 않았기에 그런 가족들을 죽일 수는 없어 회가 어두운 일들은 모두 우리가 도맡고 있었다."

남자는 가족들 때문에 놈들의 지시를 어길 수가 없었다고 말을 하자 성호는 그런 놈들에게 분노를 느꼈다.

"그러면 가족들이 있는 사람들을 모아서 회에 대항을 하면 되지 않는가?"

"처음에는 그렇게 하려고도 하였지만 이내 적발이 되었다. 회에서는 어떻게 아는지는 모르지만 이탈자가 생기게 되면 바로 알고 조치를 취하기 때문이었다."

성호는 아마도 이들의 몸에 무언가 이물질을 주입하여 이들이 다른 곳으로 가게 되면 바로 알 수가 있게 하는 것 같았다.

성호는 남자의 몸을 먼저 검사를 해보아야겠다는 생각을 하고는 남자에게 다가가 가만히 손을 잡았다.

남자는 아직 혈도가 풀린 것이 아니기 때문에 성호가 하는 짓을 그냥 보고 있을 수밖에 없었다.

성호는 남자의 몸에 내기를 이용하여 몸속을 검사하기 시작했다.

그런데 몸에는 이상이 없는데 이상하게 머릿속을 검사하니 이상하게 걸리는 것이 있었기에 머릿속을 세밀하게 검사를 하기 시작했다.

그리고 어느 정도 시간이 지나가 머릿속 한구석에 기도를 틀어막고 있는 무언가가 느껴졌다.

성호의 예상대로 남자의 머릿속에는 이물질이 주입이 되어 있었다.

이들이 약을 복용하기 전에 아마도 수술을 하여 넣은 것 같았다.

"머리를 수술한 기억이 있는가?"

"머리를 수술한 것은 약을 복용한 직후 기절을 하였는데 나의 몸에 이상이 생겨 하였다고 했다."

남자의 말에 성호는 놈들이 무슨 방법을 사용하였는지를 이제는 알 수가 있었다.

"당신의 머릿속에는 전자칩이 들어 있다. 아마도 그것으로 너의 위치를 수시로 확인을 하는 것 같다."

남자는 성호의 말에 믿어지지가 않는다는 표정을 지었다.

"그렇다면 우리는 천우회의 감시를 당하고 있었다는 말인가?"

"아마도 내 생각에는 그런 것 같다. 머릿속에 있는 것이기 때문에 너희가 찾을 수가 있는 것도 아니니 말이다."

성호의 말대로 머릿속에 칩을 심어두었기 때문에 부작용도 없이 이들의 위치를 수시로 확인을 하며 전화로 이들의 움직임을 확인하여 배신 여부를 확인을 하고 있었다.

"…그러면 나의 머릿속에 있는 칩을 제거할 수도 있는가?"

남자는 자신의 머릿속에 그런 요상한 물건을 가지고 다니고 싶은 생각은 없었기에 하는 소리였다.

성호는 남자의 마음을 알겠지만 그렇다고 머릿속에 있는 전자칩을 제거할 수는 없는 일이었다.

잘못하면 남자가 죽을 수도 있었기 때문이다.

전자칩을 고장이 나게는 한다고 쳐도 문제가 머릿속에서 사라지게 할 수는 없었기 때문이다.

결국 전자칩을 고장 내서 수술을 하여 이를 제거하는 방법밖에는 없었다.

그리고 칩이 고장이 나면 천우회에서는 가장 먼저 이를 의심하여 가족들을 다른 곳으로 옮길 수도 있었기 때문이었다.

"당장 전자칩을 제거를 하면 아마도 가족들이 다른 곳으로 옮겨지게 될 것이다. 아직 배신을 하였는지 아니면 칩이 고장을 난 것인지를 모르니 말이다. 결국 그 문제를 확인하기 위해서 인질이 필요하게 되고 가족들은 그들이 안전하게 다른 곳으로 이동을 하게 될지도 모른다는 이야기다."

남자는 성호의 이야기를 듣고 바로 이해를 하였다.

예전에 자신들과 함께 가족들을 구하려고 하였던 특급 무인이 어떻게 배신을 하였는지를 회에서 알고 있었는지를 이해가 갔기 때문이었다.

"그러면 우리 가족들만 먼저 구할 수는 없겠습니까?"

남자는 가족들이 가장 걱정이 되는지 안타까운 눈빛을 하며 성호를 보며 처음으로 존칭을 써서 말했다.

남자의 사정을 모두 들은 성호는 천우회에 타격을 주기 위해라도 남자의 도움이 몹시 필요하다고 생각을 하게 되었다.

남자의 가족을 먼저 구하는 것이 우선이란 판단을 내렸고 남자에게 가족들에 대해 물어보았다.

"당신의 가족들이 있는 곳이 어디요?"

"우리 가족들이 있는 곳은 일본의 하네코입니다."

성호는 가족들이 있는 위치에 대해 자세히 물어보았고 누가 지키고 있는지에 대해서도 세밀히 파악했다.

그곳은 작은 마을로 구성이 되어 있는 곳으로 모두 인질이 되어 있는 가족들이 살고 있는 마을이라는 이야기였다.

성호는 천우회가 인질들을 가지고 무인들을 관리하고 있다는 사실을 알게 되자 놈들에게 타격을 줄 방법을 찾은 것 같아 기분이 아주 좋았다.

'놈들이 데리고 있는 가족들만 구하게 되어도 심각하게 타격을 줄 수가 있을 것 같구나.'

성호는 그렇게 결론이 내려지자 남자를 보았다.

"만약에 가족들을 구하게 되면 다른 특급 무인들도 당신과 같이 천우회의 일에서 손을 뗄 수가 있는 거요?"

"다른 사람은 모르지만 한 명은 그렇게 할 것입니다. 그에게는 가장 소중한 존재가 바로 딸이기 때문입니다."

"그러면 다른 사람은 어떻소?"

"그 사람은 사실 반반입니다. 천우회에서 가장 많은 일을 하는 특급 무인이기도 하지요. 돈 때문에 일을 한다고 하기는 하는데 제가 보기에는 그런 것 같지는 않아 보였습니다."

성호는 남자의 말을 들으면서 천우회의 특급 무인들 중에 포섭이 가능한 사람이 한 명 더 있다는 것에 만족을 하고 있었다.

"그러면 그곳에 있는 사람들은 모두 인질로 있는 사람만 있는 거요?"

"제가 알기로는 그렇습니다. 그곳에 있는 가족들은 우리 같은 무인들의 가족들과 연구를 하는 사람들의 가족이라고 알고 있습니다."

남자는 가족들에 대한 이야기를 아주 자세히 성호에게 해 주었다.

성호는 남자 때문에 결국 다시 일본으로 가야 한다는 것이 조금 귀찮기는 했지만 그래도 천우회에 타격을 줄 수가 있다는 것이 만족스러워서 일단 가족들을 구하는 것으로 결정을 내리게 되었다.

"알겠소. 내가 일본으로 가서 가족들을 구해보도록 하겠소. 그런데 당신은 어떻게 하려고 하는 거요?"

"저는 여기에 계속 있겠습니다. 머릿속에 칩이 있다면 아마도 내가 움직이는 것을 천우회에서는 모두 알고 있을 것이니 말입니다."

남자는 가족을 구해주는 시간동안 비선문이 있는 근처에 남아 있겠다는 이야기를 했다.

성호는 남자의 말에 혹시 마음이 변할 것을 염려하여 우선은 정신을 조작할 생각을 하였다.

나중에 자신이 와서 다시 고쳐 주어도 되기 때문이었다.

약간의 후유증은 있겠지만 정상적인 생활을 하는 것에는 그리 문제가 없었기 때문이다.

예전이라면 분명 얼마 지나지 않아 사망했겠지만, 지금까지 꾸준히 사용하고 반지의 힘을 활용하여 계속 개조한 끝에 상대를 죽음까지 이르지는 않게끔 고칠 수 있었다.

비록 몸에 안 좋은 영향은 주겠지만 이는 반지로 치료하면 된다.

"그러면 내 눈을 보시오."

성호의 말에 남자는 성호의 눈을 보게 되었다.

남자의 내기가 강하기 때문에 성호는 이번에는 상당히 강한 내기를 운영하여 정신을 제압하기로 하였다.

남자는 성호의 눈으로 보다가 갑자기 눈빛이 몽롱해지는 기분을 느끼면서 피하려고 하였지만 이미 마음이 그렇게 하지 못하게 하였다.

약간의 시간이 지나자 남자의 눈빛이 흐리멍텅하게 변하게 되었고 성호는 정신 조작이 되었다는 것을 알고는 내기를 풀었다.

"내가 누구지?"

"저의 주인님이십니다."

"좋다. 그러면 내가 가족들을 구하는 동안 이곳에 남아 천우회에 계속해서 연락을 하고만 있어라. 그리고 비선문에 생각지도 못한 강자가 있다는 보고를 하여 천우회가 당분간은 움직이지 못하게 하여라."

"그렇게 하겠습니다, 주인님."

남자는 성호의 지시에 따라 정상적인 생활을 하면서 지시한 것을 철저하게 따르게 될 것이다.

성호는 그런 남자를 두고 조금 미안하기는 하지만 솔직히 남자를 그냥 두고 가기에는 껄끄러웠기에 어쩔 수 없는 일이라고 생각하게 되었다.

성호가 떠나고 남자는 계속해서 비선문을 감시하게 되었고 시간이 되자 천우회에 연락을 하여 성호의 지시대로 비선문에 생각지도 못한 강자가 나타났다는 보고를 하게 되었다.
 남자의 보고를 들은 천우회의 회주는 심각한 고민을 하게 되었다.
 "한국의 비선문을 우리가 너무 모르고 있었다는 말이 아닌가?"
 "죄송합니다. 그동안 정보를 확실하게 모았다고 했는데 실수가 있었던 것 같습니다."
 "실수라고 하지 말게. 비선문에 그렇게 강한 무인이 있다는 사실은 무슨 말을 해도 넘어갈 수가 있는 문제가 아니네. 닌자단이 무너지고 우리의 무인들이 상당한 피해를 당했어."
 회주는 정보를 취급하고 있는 은밀당의 당주를 보며 편하고 이야기를 하고 있었지만 듣고 있는 당주는 지금 정말 미칠 것만 같은 기분이었다.
 요즘에 들어서 자신에게 왜 자꾸 이상한 일들만 생기는지 정말 굿이라도 해야 한다는 생각이 들 정도였다.
 "한국의 정보를 다시 모으도록 하겠습니다."

"아니, 그럴 필요가 없으니 그만두게. 특급 무인이 가서 상대가 되지 않을 정도의 강한 무인이 있다는 말은 그만큼 그들이 숨기고 있는 것이 많다는 이야기이니 이를 원로회에 가서 이야기를 해보아야겠네."

천우회의 실질적인 무력이라면 바로 원로들이었기에 회주가 지금 말하는 원로회에 간다는 것은 그만큼 비선문을 어렵게 생각하고 있다는 말이었다.

아마도 강자가 출현하였다는 이야기를 하게 되면 원로들은 바로 한국으로 가려고 할 것이기 때문이었다.

원로들도 최근 들어 더 이상 자신들의 무예가 진전이 없다는 것에 짜증을 내고 있었기 때문이다.

이들은 강자를 찾아 자신들의 무공을 더욱 발전을 시키고 싶어 안달이 난 사람들이었다.

그만큼 무공에 미친 인간이라는 말이었다.

그 덕분에 천우회가 이렇게 강해질 수가 있었기도 하지만 말이다.

원로들에게는 각자가 키우는 제자들이 있었는데 원로 개인에게는 한 사람의 제자밖에는 허용이 되지 않았기에 이들은 제자를 고르는 데에는 상당히 신경을 써서 골랐다.

그런 탓에 제자들의 자질도 대단하여 상당한 진전을 보이고 있다는 이야기를 들었던 당주였다.

'원로들이 환장을 하겠구먼그래.'

당주는 속으로 그렇게 생각하면서 자신도 당주의 자리에 오래 있지를 못할 것이라는 생각을 하고 있었다.

비선문에 새로운 강자가 나타났다는 말 때문에 천우회의 회주가 직접 원로들이 살고 있는 곳으로 가게 되었다.

천우회의 원로들이 거주지는 총단이 있는 곳보다 더 안으로 들어가야 하는 곳으로 자연을 그대로 두고 만든 작은 마을이었다.

마을의 입구에는 전부 노인들만 있는 것으로 보였지만 그 안에는 제자들이 남아 있어 심부름을 하고 있었다.

제자들은 무공을 익히면서 자질구레한 심부름들을 해주면서 지냈는데 이들이 어느 정도 실력이 되어야만 마을을 나갈 수가 있었기 때문에 청년들은 잠을 줄여 수련할 정도였다.

게다가 노인들의 실력이 대단하기 때문에 중간에 도망을 갈 수도 없는 노릇이라 이들은 죽자 살자 무공에만 매달리고 있는 중이었다.

천우회의 회주는 그런 원로들이 살고 있는 작은 마을에 도착을 하자 바로 한 집으로 걸어갔다.

"원로님 저 왔습니다."

"들어오게."

안에서 약간 카랑카랑한 목소리가 들리자 회주는 문을 열고 안으로 들어갔다.

그 안에는 누가 보아도 강시처럼 보이는 노인이 자리에 앉아 차를 마시고 있었다.

이 사람이 원로들이 있는 곳의 우두머리였다.

원로원장이라고 알려져 있는 노인으로 무공이 대단한 인물로 알려져 있었다.

"무슨 일인가?"

회주는 노인을 보며 그동안 회에 있었던 이야기들을 모두 하기 시작했다.

노인에게는 거짓말을 하였다가는 아무리 회주라고 해도 좋지 않았기 때문이다.

회주는 천천히 회에 대한 이야기를 모두 하였고 노인은 가만히 듣고만 있었다.

"그러니까. 비선문인가 하는 곳에 새롭게 강자가 나타났다는 말인가?"

"그렇습니다. 회의 특급 무인도 상대가 되지 않을 정도로 강한 자가 있다고 합니다."

"흠, 특급 무인이 상대가 되지 않을 정도의 강자가 한국에 나왔다는 말이지."

원로는 강자라는 말에 약간 눈빛이 빛이 나고 있었다.

노인은 현대에서는 자신을 상대할 사람이 없을 것이라고 생각하고 있었는데 갑자기 생각지도 못한 강자가 나왔다는 말을 듣자 호기심이 생겼기 때문이었다.

"예, 사실 그자 때문에 회에 많은 피해를 보고 있는 중입니다."

"하기는 강자가 나오게 되면 약한 무인들로는 상대를 할 수가 없을 것이니 그럴 수도 있겠지."

원로는 그런 강자라면 충분히 그럴 수도 있다는 생각을 하고 있었다.

자신만 해도 닌자단을 상대로 하게 되면 몰살을 시킬 수가 있다고 자신하기 때문이었다.

닌자단이 은신술을 빼고 나면 그리 강한 실력을 가지고 있는 것이 아니었기에 얼마든지 상대를 할 수가 있었다.

"그래서 이번에 원로분들의 도움을 받았으면 해서 왔습니다."

회주는 노인에게 도움을 달라고 하고 있었다.

노인은 회주의 말을 듣고 한참을 무언가를 생각하는지 말이 없었다.

회주는 그런 노인의 모습에 속이 타고 있었고 말이다.

한참의 시간이 지나자 노인의 입이 천천히 열리기 시작했다.

"한국에 강한 무인이 있으니 우리가 한국으로 가야 한다는 말인가?"

"당장은 그자를 이곳으로 데리고 올 방법이 없기 때문에 어쩔 수 없습니다. 원로님."

"당장은 한국으로 갈 수가 없으니 한 달 정도는 기다리게. 하고 있는 것이 막바지에 달했기 때문에 정리를 하고 가도록 하지."

원로가 수락을 하자 회주의 얼굴이 금세 밝아졌다.

"알겠습니다. 그렇게 알고 가겠습니다. 원로님."

"그렇게 하게."

노인은 회주가 인사를 하고 떠나는 모습을 말없이 보고만 있었다.

회주가 완전히 나가자 노인의 입에서는 알 수 없는 소리가 흘러나오기 시작했다.

"흠, 이상한 노릇이군. 한국에서 갑자기 강한 무인이 나왔다는 것이 믿어지지가 않는구나. 그들은 절대 강해질 수가 없는데 말이야. 우리가 수거를 하지 않은 것이 아직도 남아 있는 것인가?"

노인은 혼자 그렇게 중얼거리면서 연신 고개를 갸웃거렸다.

＊　　＊　　＊

　성호는 특급 무인인 남자의 가족들이 있는 곳으로 가고 있는 중이었다.

　천우회에 타격을 주기 위해서는 반드시 해야 하는 일이었기 때문이다.

　성호는 남자가 알려준 곳으로 갔고 마을을 발견할 수가 있었다.

　"저곳이 인질들이 살고 있는 마을인 것 같구나."

　성호는 멀리 보이는 마을을 보며 남자가 알려준 곳이라는 것을 알 수가 있었다.

　밤이 되면 은밀히 이동을 하여 마을에 살고 있다는 남자의 가족들을 만나 보려고 하였다.

　가족들이 살고 있는 곳에서 하는 통화는 모두 감청이 되고 있었기 때문에 남자도 가족들과 통화할 때는 절대 다른 소리를 하지 않고 있었다.

　그냥 평범하게 안부를 묻는 그런 대화만 하고 있다는 이야기였다.

　남자도 가족들이 있는 곳에 도청이 되고 있다는 것은 이미 오래전에 알고 있었기 때문에 절대 의심을 받을 말은 하지 않고 있었다.

가족들도 마찬가지였고 말이다.

어두운 밤이 되자 성호는 가벼운 복장을 하고 움직이고 있었다.

남자의 가족들이 마을 어디에 살고 있는지를 자세히 알려주었기 때문에 집을 찾는 것은 그리 어려운 일이 아니었다.

주변을 감시하는 눈길들이 있었지만 성호를 발견할 정도의 실력자는 없었기에 성호는 힘들지 않게 남자의 가족들이 있는 곳으로 갈 수가 있었다.

집의 문을 잠겨 있었지만 창문으로 안을 살필 수가 있었기에 창문에 미리 적어온 쪽지를 붙이고는 크게 들리지 않게 두드렸다.

탁탁탁.

창문에서 소리가 나자 안에 있는 소녀는 무슨 일인지 고개를 돌렸고 창문에 무언가 적은 쪽지를 보고는 깜짝 놀란 얼굴을 하였다.

창문에 있는 쪽지에는 바로 오빠의 이름과 조용히 문을 열어 달라는 글이 적혀 있었기 때문이다.

소녀는 쪽지를 보고는 주변을 살폈다.

하지만 소녀의 눈에는 아무도 발견을 할 수가 없었기에 쪽지의 글대로 조용히 문을 열어주고는 안으로 들어갔다.

성호는 소녀가 열어준 문을 조용히 열고는 바로 안으로 들어갔다.

이제는 내기를 이용하여 밖으로 소리가 들리지 않게 기막을 칠 수도 있었기에 들어가자 바로 기막을 쳐두었다.

"너의 이름이 아이샤이니?"

"오빠가 보낸 분인가요?"

아이샤는 자신의 이름을 알고 있자 바로 오빠가 보낸 사람인지를 먼저 물었다.

"그래 아베가 오빠의 이름이면 맞는 말이구나."

"흑, 흑, 오빠는 어디에 있나요? 엄마가 많이 아파요."

아이샤는 엄마가 많이 아프다고 하면서 눈물을 흘리고 있었다.

성호는 엄마가 아프다고 하며 우는 아이샤를 보니 마음이 그리 좋지가 않았기에 바로 아이샤의 엄마를 치료를 해주기로 하였다. 어차피 이들을 데리고 가려면 치료를 하지 않을 수가 없었기 때문이다.

"엄마는 어디에 있니?"

"저기 방에 누워 계세요."

"그러면 엄마에게 가서 치료를 하도록 하자. 아이샤."

"아저씨가 치료도 하세요?"

아이샤는 울다가 놀랐는지 눈을 크게 뜨고 성호를 보며 물었다.

"그래 시간이 없으니 어서 가도록 하자."

성호는 아이샤를 데리고 엄마가 있는 방으로 갔다.

아이샤의 엄마는 몹시 중한 병에 걸렸는지 안색이 아주 많이 창백했다.

성호는 급하다는 생각이 들어 급하게 손의 맥을 잡아보았다.

아이샤의 엄마는 병이 걸린 것이 아니라 몸이 허약하였기 때문에 마음의 병을 이기지 못해 누워 있었던 것이다.

다행히도 이 정도면 치료의 기로 충분히 고칠 수가 있었기에 성호는 바로 치료의 기를 사용하여 치료를 시작하였다.

성호가 치료를 하는 것을 아이샤는 보고 있었지만 무엇을 하는지를 몰랐다.

다만 한의사가 맥을 잡기 위해 손목을 잡는다는 것은 알고 있기에 성호가 하는 것을 그냥 보고만 있었던 것이다.

성호는 한참의 시간을 치료의 기로 치료를 하였고 아이샤의 엄마는 치료의 기로 어느 정도 기운을 차리게 되자 눈을 뜨게 되었다.

눈을 뜨자 가장 먼저 아이샤가 보였고 그 다음은 자신의 손을 잡고 있는 성호가 보였다.

아이샤의 엄마는 성호가 손을 잡고 있는 것을 보고도 놀라지 않는 표정을 하며 입가에 미소를 지었다.
"어… 엄마 이제 정신이 들어요?"
아이샤는 엄마가 눈을 뜨자 놀라 얼굴을 하며 물었다.
성호는 아이샤의 말에 천천히 치료를 멈추고 있었다.
이제 더 이상 치료를 하지 않아도 되기 때문이었다.
하지만 한국으로 가서는 혹시 몰라 다시 한 번 치료를 해줄 생각을 하고 있었다.
"저를 치료해주신 분이시군요."
아이샤의 엄마는 전과는 다르게 지금은 몸이 아주 개운하다는 것을 느꼈기 때문에 하는 소리였다.
"완전히 치료를 한 것은 아니니 아직은 몸을 움직이시면 곤란합니다. 한 삼십 분 정도는 이대로 누워 계시면 됩니다."
성호의 말에 여자는 차분하게 대답을 하였다.
"정말 감사합니다."
"엄마 오빠가 보낸 분이세요."
아이샤는 오빠를 거론하였고 그 말에 아이샤의 엄마인 게이꼬도 놀라는 얼굴을 하였다.
"아베가 보내서 오신 것입니까?"
게이꼬는 아들인 아베가 보낸 사람이라는 소리에 본인도 모르게 목소리의 톤이 조금 올라갔다.

그리고는 자신이 지금 고함을 쳤다는 것에 놀라 본인도 모르게 입을 자신의 손으로 막고 말았다.

"괜찮습니다. 감시를 하는 사람들이 지금은 조금 멀리 있으니 그렇게 걱정을 하지 않으셔도 됩니다."

성호는 게이꼬가 놀라는 이유에 대해 알고 있기에 놀라지 말라는 뜻에서 설명을 해주었다.

게이꼬는 성호의 목소리에 차분해지는 것을 느끼는지 이내 걱정스러운 눈빛이 안정을 찾아가고 있었다.

성호는 자신이 이곳에 온 이유에 대해 설명을 하게 되었다.

"아베는 가족들을 보고 싶어 하고 있습니다."

성호는 아베와 이야기를 하면서 아베가 생긴 것은 사십대처럼 보이지만 실지로는 이십대 후반의 나이라는 것을 알고는 조금 놀랐지만 약의 기운 때문에 그렇게 되었다는 이야기를 듣고는 이해를 하게 되었다.

"아베는 건강하게 있나요?"

게이꼬는 아들의 사정을 듣고 싶은 모양이었다.

"아베는 건강하게 잘 있습니다. 그리고 가족들을 그리워하고 있지요."

성호의 말에 게이꼬는 바로 눈물을 흘리기 시작했다.

이들은 가족이면서도 서로 만나지 못하고 있다는 사실에 슬퍼하고 있었다.

"흑, 흑, 어… 엄마 울지 마."

아이샤는 엄마가 우는 것을 보자 자신도 모르게 눈물을 나고 슬퍼졌다.

하지만 이들이 우는 것은 습관적으로 목소리를 죽이고 있는 것을 보니 그동안 감시인들에게 많이 당했던 것 같아 보였다.

성호는 인간을 마치 무슨 사육을 하는 것처럼 하는 놈들이 정말 죽이고 싶어졌다.

이곳을 감시하는 놈들은 성호가 확인을 하니 대략 이십 명 정도의 인원이었다.

그 정도의 인원은 성호가 마음만 먹으면 당장에라도 죽일 수가 있었다.

무인이기는 했지만 성호가 보기에는 아직 어설픈 수준이었기 때문이다.

성호는 게이꼬와 아이샤를 보며 잠시 기다려 주었다.

모녀는 시간이 지나자 조금은 마음이 풀렸는지 눈물을 그치고 있었다.

"이런 손님이 오셨는데 이러고 있어서 미안합니다."

게이꼬는 성호를 보며 미안한 얼굴을 하며 사과를 하였다.

"아닙니다. 충분히 그럴 수도 있는 상황이었습니다."

성호는 사과를 받아주었다.
게이꼬도 자신을 찾아와 치료도 해준 성호에게 상당히 호의를 보여주고 있었다.
가장 좋은 것은 아들이 보낸 사람이라는 것이 게이꼬의 마음을 열게 하였기 때문이다.
"그런데 여기는 감시가 심한 곳인데 이렇게 오래 있어도 되는 건가요?"
게이꼬는 걱정스러운 눈빛을 하며 성호를 보았다.
"걱정하지 않으셔도 됩니다. 오늘은 놈들이 다른 일이 있는지 조금 떨어져 있습니다."
"아, 다행이군요."
"저기 여기 마을에 있는 분들은 모두 아이샤와 같은 상황입니까?"
성호는 조심스럽게 물었다.
만약에 게이꼬의 말이 사실이라고 하면 놈들을 모두 제거해서라도 이들에게 자유를 주고 싶었기 때문이다.
물론 원하지 않는 사람들이 있기는 하겠지만 원하는 가족들에게는 그렇게 해주고 싶었다.
성호도 일본인을 싫어하기는 하지만 이들과 같은 사람들에게는 도움을 주고 싶었다.
인질로 평생을 살아간다는 것이 이들에게는 얼마나 큰 고통을 주고 있는지를 눈으로 보았기 때문이었다.

"여기 마을에 살고 있는 사람들 중에 일부는 인질로 남아 있는 사람들이 아닙니다. 교묘하게 우리를 감시하기 위해 가족처럼 보이기는 하지만 우리는 느낄 수가 있지요."

게이꼬의 말을 들으니 이곳에 살고 있는 사람들 중에도 감시를 하기 위해 다른 가족들처럼 위장하고 있다는 이야기였다.

하지만 진실로 가족들이 인질이 되어 있는 사람들과 연극을 하려는 사람에게는 서로가 말을 하지 않아도 느껴지는 것이 있기에 그들은 결국 다른 가족이라는 사실을 대부분이 알게 되었다.

확연히 다른 것이 눈에 보이는데 어찌 모르겠는가 말이다.

"그러면 그들이 여기를 떠나고 싶어 하는가요?"

"떠나고는 싶어 하지요. 하지만 자신들이 떠나면 가족이 죽는다는 것을 알기 때문에 갈 수도 없습니다. 그들에게는 남편이나 아들들이 남아 있으니 말입니다."

성호는 게이꼬의 말을 듣고 천우회가 얼마나 심하게 인질들을 관리하는지를 알게 되었다.

'놈들은 절대 용서를 해서는 안 되는 종자들이다. 반드시 놈들을 정리를 해야겠다.'

성호는 내심 천우회를 확실하게 정리를 하려고 마음을 먹게 되었다.

"그러면 마을에 살고 있는 사람들 중에 감시를 하는 집은 어디인지를 알려주시기 바랍니다. 지금 감시를 하고 있는 놈들은 아마도 모두 정리가 되어 가고 있을 겁니다. 아베는 가족들과 함께 살기를 바라고 있습니다. 지금 한국에 남아서 두 사람이 오기를 기다리고 있습니다."

성호는 이들을 안심시키기 위해 다른 인원이 더 있다는 식으로 말을 해주었다.

"저… 정말 여기를 떠날 수 있는 건가요?"

아이샤는 진심으로 이곳을 벗어나고 싶어 했다.

여기는 학교도 보내지 않고 살고 있었기 때문에 아이샤의 입장에서는 학교도 가고 싶었기 때문이다.

물론 글을 엄마인 게이꼬가 가르쳐 주었기에 글은 알고 있지만 그 외에 다른 것은 전혀 알지 못하고 있었다.

철저하게 문명의 혜택을 차단하고 있는 곳이라는 말이었다.

물론 감시를 하는 놈들은 다르지만 말이다.

"아이샤 걱정하지 마라. 여기를 떠나게 될 것이다. 혹시 여권 같은 것은 가지고 계십니까?"

성호는 게이꼬를 보며 여권이 있는지를 물었다.

"없습니다. 이곳에 살고 있는 사람들은 모두 신분증이 없습니다. 저들이 모조리 가지고 갔기 때문입니다."

성호는 말을 들으면 들을수록 정말 화가 났다.

우선은 감시를 하는 놈들부터 정리를 해야겠다는 생각을 하였고 게이꼬를 보며 조용히 입을 열었다.

"여기 계시면서 감시하는 집들이 어디인지를 먼저 생각하고 계십시오. 저는 잠시 일행들이 감시자들을 정리하는 것을 도와주고 오겠습니다."

게이꼬는 성호의 말이 아직도 믿어지지가 않는지 고개만 끄덕이고 있었다.

성호는 그런 게이꼬를 두고 조용히 집을 나왔다.

주변에 감시를 하는 눈길이 있는 곳으로 은밀히 접근을 하여 소리도 없이 이들을 모두 제압을 하기 시작했다.

이십 명이 있는 곳이지만 그리 어렵지 않게 제압을 할 수가 있었다.

성호는 감시자들을 모두 한곳으로 옮겼고 이들의 처리를 두고 고민을 하게 되었다.

모두 죽여야 하는지에 대해 고민을 하다가 이들의 처리는 가족들에게 넘기는 것이 좋겠다는 생각을 하게 되었다.

'그냥 있는 사람들이 알아서 하는 것이 좋겠다.'

결정을 내린 성호는 이들을 그대로 두고 게이꼬가 있는 집으로 다시 돌아갔다.

 게이꼬와 아이샤는 성호가 사라지고 나서부터 공포심을 느끼는지 몸을 떨고 있었다.

 성호가 다시 돌아오자 게이꼬는 놀란 눈을 하고는 성호를 보았다.

 성호는 이들이 놀라는 이유에 대해 알고 있기에 사정을 이야기해 주었다.

 "지금 감시를 하는 놈들은 모두 제압을 하여 한곳으로 옮겨두었습니다. 이제 감시를 하는 가족들이 누군지만 알려주시면 됩니다."

 게이꼬는 감시자들을 모두 잡아 두었다는 말을 듣자 정말 안심이 되는 기분이었다.

 "저… 정말 그들을 모두 잡아두었나요?"

 "그렇습니다. 이제 안심을 하셔도 됩니다."

 게이꼬는 다급하게 말을 이었다.

 "그러면 최대한 빨리 감시를 하는 가족들을 잡아야 해요. 이들은 한 시간에 한 번씩 서로에게 연락을 하고 있어요."

 성호는 게이꼬의 말에 상황을 인식하고는 바로 감시하는 가족들이 어디에 있는지를 확인하였다.

 "어느 집이 감시를 하는 집입니까?"

 "여기를 감시하는 가족들은 모두 세 집이에요. 저기 보이는 색깔이 있는 대문을 하고 집이 모두 감시를 하는 집들이에요."

게이꼬의 말을 들으니 색깔이 있는 대문은 모두 세 집이었기에 바로 구분할 수가 있었기에 성호는 바로 움직일 수가 있었다.

성호는 세 집에 살고 있는 놈들도 모조리 잡아서 놈들이 있는 곳에 두었다.

성호가 모두 잡았다고 하니 게이꼬는 서둘러 마을 사람들을 모이게 하였다.

나머지 사람들은 모두 인질로 여기서 살고 있는 사람들이었기 때문이다.

게이꼬의 설명을 들은 마을 사람들은 모두가 놀란 얼굴을 하며 성호를 보았다.

"여기 있는 분이 도와주시는 바람에 우리를 감시하는 놈들을 모두 잡을 수가 있게 되었어요. 여기를 떠날 분이 계시면 지금이 기회예요."

게이꼬는 마을 사람들을 보며 모든 이야기를 해주었고 떠날 사람은 지금이 기회였기에 이들에게도 기회를 주고 싶어 그런 소리를 하였다.

감시를 하는 놈들에게 그동안 당했던 서러움이 넘치는지 마을 사람들은 모두가 눈물을 흘리고 있었다.

"놈들이 있는 곳이 어디입니까?"

한 남자는 게이꼬를 보며 물었다.

"저기 보이는 장소에 놈들이 있어요."

게이꼬는 성호가 알려준 그대로 이야기를 해주었다.

남자는 게이꼬의 말을 듣고는 바로 그곳으로 달려갔다.

아마도 남자뿐만 아니라 다른 사람들도 남자와 같은 행동을 하고 싶었을 것이지만 참고 있는 것 같아 보였다.

남자가 간 곳에서는 갑자기 비명이 들리기 시작했다.

"으아아아. 죽어라 이 개자식들아."

바로 남자가 고함을 치면서 울분을 푸는 소리였다.

게이꼬는 남자의 사정을 알기에 그러는 행동을 하여도 말리지 않고 있었다.

"저분은 자신의 딸이 저놈들에게 강간을 당해 죽었기 때문에 저러는 거예요."

성호는 게이꼬의 말을 들으니 충분히 이해가 갔다.

죽어도 싸다는 이야기였다.

그렇게 마을에 있는 사람들 중에 특급 무인의 가족들과 게이꼬 가족들은 성호가 데리고 한국으로 가기로 결정하였다.

아베와 같이 특급 무인들의 가족들은 다른 가족들과는 다르게 절대 건드리지 않았기 때문이다.

가족이 다치는데 누가 회의 일을 하겠는가 말이다.
성호는 무인들의 가족들을 데리고 한국으로 밀항을 통해 들어올 수가 있었다.
힘들게 밀항을 하는 길이었지만 다행히 무사히 한국으로 들어오게 된 것이다.
물론 이들의 신분증도 챙긴 채 말이다.

태클
걸지 마!

 아베의 연락을 받은 또 다른 특급 무인인 샤이또는 가족들이 무사히 구해졌다는 연락을 받고는 바로 한국으로 오게 되었다.
 성호는 이들의 머릿속에 있는 칩을 고장 나게 하였고 바로 머리를 수술할 수가 있게 해주어 이제는 정상적인 사람으로 살 수가 있도록 해주었다.
 "정말 감사합니다. 평생을 사람답게 살고 싶었는데… 이제야 사람이 되었습니다. 은혜를 입게 되었습니다."
 샤이또는 성호에게 진심으로 감사의 말을 하고 있었다.

그만큼 이들에게 가족들은 중요하였기 때문이다.

샤이또는 자신의 딸을 보는 순간, 너무도 감격을 해 자신도 모르게 크게 울음을 터뜨렸을 정도였다.

성호는 이들이 함께 살 수가 있도록 집을 마련해 주어 이제는 천우회를 걱정하지 않아도 되었다.

이미 칩은 고장이 났기 때문에 이들을 더 이상 찾을 수가 없었기 때문이었다.

다른 특급 무인에 대해서는 이미 연락처가 바뀌어져 있어서 아베가 연락을 하지 못했기에 다른 이는 만날 수가 없었지만 말이다.

"누구라도 그런 상황이었다면 도움을 줄 수밖에 없었을 겁니다."

성호는 샤이또를 보며 그렇게 말을 하였다.

아베는 그런 샤이또를 보며 미소만 짓고 있었다.

요즘은 아베도 가족들과 사는 바람에 입가에 미소가 끊어지지 않고 있었다.

어머니와 동생이 곁에 있다는 사실만으로도 아베에게는 큰 힘이 되었기 때문이다.

뿐만 아니라 앞으로 일생을 모시고 싶은 분을 만났다는 것. 그 또한 아베에게는 커다란 행운이었고 말이다.

성호는 아베를 자신의 수하로 받아들이면서 비선문에 전

해주었던 운기법을 사사했다.

아베의 내기를 바로 잡기 위해 전한 것이지만 그 과정에서 뜻하지 않은 효험을 보았다. 그 운기법으로 인해 아베의 몸이 점점 좋아진 것이다.

성호는 그런 아베의 몸을 관찰하면서 잘만 하면 아베가 다시 예전의 모습으로 돌아올 수 있을지도 모른다는 생각을 하게 되었다.

약으로 키운 내기였기에 부작용이 컸었는데, 이제라도 정상적인 운기법을 사용하니 순기능을 하는 것이다. 몸이 버티지 못했던 기운들이 오히려 원래의 몸으로 되돌아가는 힘이 되고 있었기 때문이었다.

아베는 그런 운기법을 전해준 성호에게 심적으로 완전히 빠져 있었다.

비선문의 무인들은 성호가 전해준 운기법으로 인해 자신들이 강해질 수 있다는 것을 알게 되자 외부의 일을 모두 접고 지금은 모두가 수련에만 열중하고 있다.

그 때문에 성호가 가끔 비선문에 가더라도 요즘은 무인들이 보이지 않는다. 하나같이 운기법 수련에 열중해 있는 까닭이다.

한 장로도 수련에 매진하고 있을 정도였으니 말이다.

비선문의 수련 열풍은 아마도 당분간은 사라지지 않을 것 같았다.
 성호의 친위대도 열심히 수련을 하며 시간을 보내고 있었고 말이다.
 "사장님, 천우회에서 저희들이 사라진 것을 알고 있으니 이제는 가만히 있지 않을 겁니다."
 "천우회는 어차피 사라져야 하는 단체이니 이번 기회에 확실히 정리를 하는 것이 좋겠다. 그동안은 남의 나라에 있는 단체라 그냥 보고만 있었는데 더 이상은 아니라는 생각이 들었다."
 성호는 천우회를 확실하게 정리를 할 생각을 하고 있었다.
 얼마 전, 천우회의 최고 실력자들이 모여 있는 원로들이 움직이고 있다는 정보를 얻었기에 지금은 그들이 오기를 기다리고 있는 중이었다.
 극비의 정보였지만 그 정확도를 의심하지는 않았다. 그 정보는 바로 은밀당의 당주에게 얻은 정보였기에 절대 틀리지가 않을 것이다.
 은밀당의 당주는 성호가 이미 녹음을 한 것을 가지고 있다는 것을 알기에 죽고 싶지 않으면 어쩔 수 없이 협조를 할 수밖에 없었다.
 천우회의 움직임은 그렇게 성호가 모두 파악하고 있었기에 대비를 할 수가 있었다.

성호는 천우회의 원로들을 모두 제거를 할 생각을 하고 있었다.

그렇게 하고 비선문의 무인들을 대동하여 일본의 천우회 총단을 공격하려고 하고 있었다.

어차피 비선문과는 양립할 수 없는 사이였기에 가능한 계획이기도 했고 말이다.

아베와 샤이또는 성호가 얼마나 강한지 알기에 원로들이 강하다고 해도 성호를 이기지는 못할 것이라는 확신을 가지고 있었다.

"천우회에 대한 다른 정보가 있습니까?"

"천우회의 정보를 주는 사람이 따로 있으니 그런 것은 걱정하지 않아도 된다."

성호는 은밀당의 당주가 자신에게 정보를 주고 있다는 것은 비밀로 하고 있었다.

이런 은밀한 정보는 아는 사람이 적은 게 좋은 법이다. 물론 그 이면에는 성호가 은밀당의 당주에게 녹음이라는 어떻게 보면 비겁한 방법을 써서 협박을 했다는 이야기를 할 수는 없었기 때문이기도 했고 말이다.

"샤이또 씨는 이제 어떻게 하실 생각이십니까?"

"저도 딸이 있으니 이곳에서 살았으면 합니다. 아베와 같이 저를 대해 주셨으면 합니다."

샤이또는 아베에게 성호를 사장님이라고 하며 부르기는 하지만 마음속으로는 주군으로 모시고 있다는 이야기를 해주었기 때문이다.

샤이또도 성호가 엄청난 강자라는 것을 들었기에 그런 강자의 그늘에서 생활을 하려고 하고 있었다.

아니, 그게 아니다 하더라도 최소한 천우회와 같은 더러운 짓은 더 이상 하지 않아도 될 것 같아서였다.

성호는 샤이또가 자신의 수하로 오겠다고 하자 조금은 고민이 되었다.

물론 강자를 수하로 데리고 있으면 좋기야 하지만 나이가 문제였다. 샤이또는 성호와는 차이가 너무 많았다.

"샤이또 씨는 나의 수하로 있기에는 나이가 너무 많으니 차라리 가끔 내 일을 도와주면서 함께 있는 것은 어떻습니까?"

"아닙니다. 조직이라는 것은 반드시 지휘체계가 있어야 제대로 성장을 할 수가 있는 겁니다. 저도 사장님이라고 부르고 싶습니다."

샤이또는 그렇게 말하고는 자신의 결심을 보여주기라도 하듯 절도 있게 허리를 숙였다.

성호는 가만히 그런 샤이또를 바라보았다.

그의 모습에서 지금 진심으로 자신을 모시고 싶어 한다는 게 전해졌다. 샤이또가 이렇게 나오니 거절을 하기에도 곤란하게 되었다.

"…휴, 알겠소. 그러면 샤이또도 앞으로는 아베와 함께 나를 따르도록 하시오."

"감사합니다, 사장님!"

성호가 샤이또를 거두자, 샤이또는 진심으로 기쁘게 생각하는지 얼굴이 환해졌다.

성호는 이렇게 새롭게 강한 수하들을 거두게 되었다.

천우회의 원로들은 대거 한국으로 관광을 간다는 핑계로 한국으로 오게 되었다.

부산으로 온 이들은 바로 차를 나누어 타고 서울로 이동을 하고 있는 중이었다.

"비선문의 무인 중에 강자가 나타났다는 이야기는 아직도 거두지 않은 것들이 남아 있다는 이야기일 수도 있으니 이번에 가서는 확실히 정리를 해야 한다."

"원장님의 말대로 하겠습니다."

나이가 지긋한 사람들이 일제히 고개를 숙이며 대답을 하자 원장이라는 노인은 고개를 끄덕였다.

천우회는 바로 한국의 무인들이 가지고 있던 고대의 비급을 모두 수거하여 일부는 자신들이 가지고 갔고 일부는 불태

워 버렸던 단체였다.

이들은 일제강점기부터 존재하였다. 이들이 원하는 것은 바로 한국의 무인들이 아무리 노력을 하여도 일본의 무인들을 이기지 못하게 하는 것이었다.

결국 이들은 한국의 무인들을 찾아다니며 비급을 없애 버리고 있었던 것이다.

그리고 그 당시, 일제강점기라는 시대 상황 속에서 상당히 많은 비급들이 사라지고 없어졌다. 그 기간에 수십 년이었기에 이들은 더 이상 한반도에 무인이 없다고 판단을 하였던 것이다.

"참으로. 끈질 긴 나라야……. 조선이라는 나라는 말이야……."

노인은 혼자만 아는 일을 생각하며 중얼거리고 있었다.

천우회의 원로들은 서울의 비선문이 보이는 곳에 도착을 하자 차에서 내리고 있었다.

원로들이 살고 있는 마을에는 모두 10명의 노인들이 살고 있었는데 이번에는 그 10명이 모두 이곳으로 온 것이다.

비선문의 무인들을 완전히 정리를 하려고 마음을 먹고 온 것이다.

성호는 원로들이 온다는 것을 알기에 비선문에서 이들을 기다리고 있었다.

비선문의 무인들은 원로들이 온다는 성호의 말을 듣고는 모두가 모여 이들을 기다리고 있었다.

천우회에서는 원로들이 가기 때문에 이번에는 확실히 비선문을 정리할 수가 있을 것이라고 믿고 있는 모양이었다.

성호는 한 장로와 함께 원로들이 입구로 들어오는 것을 보고 있었다.

원로들이 들어오자 비선문의 분위기는 상당히 긴장감이 흐르기 시작했다.

"내가 천우회의 원로원장인데 여기의 수장은 누구요?"

한 장로는 한국말을 자연스럽게 하는 노인을 보고 자신이 나서게 되었다.

"내가 이곳의 수장이오. 그런데 천우회가 무슨 생각으로 여기에 온 것이오?"

"허허허, 아무리 보아도 아직은 부족한 실력을 가지고 있는 것 같은데 그대가 닌자단을 처리하였다는 말이오? 아니면 다른 자가 따로 있소?"

닌자들에 대한 이야기를 하자 한 장로는 노기를 띠는 얼굴을 하며 대꾸를 해주었다.

"그런 은신술이나 익힌 놈들이 감히 우리의 상대가 되겠소?"

한 장로의 대답에 원로원장이라 밝힌 노인의 얼굴이 좋지 않게 변했다.

"감히 내 앞에서 대 천우회의 닌자단을 두고 그따위 소리를 한다는 말인가! 무엇을 하는가! 지금 당장 저들을 처리하지 않고 말이야."

"원장님! 바로 처리하겠습니다!"

눈앞의 노인을 빼고 남아 있던 아홉의 노인들이 비선문의 무인들을 향해 천천히 걸어나오고 있었다.

노인 하나하나가 엄청난 실력자였기에 비선문의 무인들은 그 모습에 절로 긴장을 하고 있었다.

한 장로는 노인들을 보며 자신도 장담을 하지 못할 정도로 강자라는 것을 인식하자 손에 땀이 흘렀다.

하지만 성호는 그런 노인들을 보며 입가에 잔인한 미소를 지었다.

"흥! 아주 죽고 싶어 환장을 한 모양이야……. 단체로 보내주지."

성호는 그렇게 말을 하고는 들고 있던 검을 뽑았다.

성호가 원로들이 온다는 소리에 비선문에 부탁하여 진검을 준비하고 있었는데 하는 말을 들어보니 참으로 재수없는 놈들이라는 생각이 절로 들었다.

"이렇게 나온다면……."

놈들이 이렇게 나온다면 자신이 예의를 차릴 필요가 없다고 판단을 하게 되었고 이는 바로 행동으로 보여주게 되었다.
"내가 먼저 가지."
성호가 가장 먼저 검을 뽑으며 나오자 노인들은 호기심이 어린 눈을 하며 성호를 보게 되었다.
하지만 성호는 이들의 호기심을 충족시켜 주고 싶은 마음이 없었기에 바로 검으로 이들을 공격하였다.
쩡!
성호의 검에는 순식간에 강기가 서렸고, 이를 이용하여 노인들을 공격하니 노인들의 눈에는 놀람과 두려움이 함께 떠올랐다.
"헉! 강기다. 피해라!"
"느닷없이 강기라니… 어떻게……."
노인들은 각기 한마디를 하며 걸음을 멈추게 되었다.
하지만 성호의 검은 그런 노인들을 향해 힘차게 공격을 하고 있었다.
파르릉!
"막아랏!"
꽝꽝꽝!
"크아악!"
"아악!"
"크윽!"

단 한 번의 공격으로 아홉의 노인 중 세 명이 목숨을 잃고 말았고, 세 명의 노인은 심한 내상을 입고 말았다.

나머지 세 명의 노인들은 직접적인 공격을 받지 않았기에 아무런 피해를 입지 않았지만 이들도 경악하기는 마찬가지였다.

하지만 가장 놀란 사람은 바로 원장이라고 스스로 밝힌 노인이었다.

강기라는 것은 그저 전설 속에서나 등장하는 것이라고 생각했는데 자신의 눈으로 직접 확인을 하게 될 줄은 정말 몰랐기 때문이다.

원로들이 죽은 사실도 잊을 정도로 원장은 놀라고 있었다.

성호는 한 번의 공격을 하고는 노인들을 보며 비웃음을 날리고 있었다.

"겨우 이 정도의 실력을 가지고 그렇게 거만을 떨었나?"

성호의 고함에 노인들은 창피함에 얼굴을 들 수가 없었다.

하지만 비선문의 무인들은 저들과는 다른 표정을 짓고 있었다.

사실 비선문의 무인들은 성호가 강하다는 것은 알고 있었지만 검강을 사용할 정도로 고수인지를 정말 몰랐기에 이들의 눈에는 존경의 빛이 흐르고 있었다.

특히 한 장로의 놀람은 다른 이에 비할 바가 아니었다.

'거, 검강을 사용한다면 도대체 얼마나 강한 거야?'

한 장로 역시도 성호가 강하다는 것은 알았지만 저 정도로 강한 것은 처음으로 알았기 때문이었다.

그렇지 않아도 강한 성호를 자신의 딸과 엮어주려는 계획을 짜고 있는데 이제는 무슨 수를 써서라도 딸과 인연을 만들어야 했다. 반드시.

원로들의 장인 노인은 성호가 검강을 사용하는 것을 보고 자신은 이미 상대가 되지 않는다는 것을 깨달았지만 원로들이 죽은 것을 보고는 본인도 모르게 노기를 느끼게 되어 고함을 치게 되었다.

"이노옴! 감히 원로들을 죽이다니!"

원장은 바로 성호를 향해 살수를 펼치기 시작했다.

쉬이익!

빠르고 갑작스럽게 전개된 공격이었지만 성호는 이미 기다리고 있었기에 바로 검으로 상대를 해주었다.

성호는 검강을 일으키며 바로 노인을 공격하였다.

노인의 공격도 날카로웠지만 감히 검강의 앞에서는 무용지물이 되고 말았다.

성호의 검강은 노인의 공격을 그대로 부수면서 노인을 공격하고 있었기 때문이다.

꽝꽝!

서걱!

"으윽!"

노인은 성호의 검에 팔 하나가 잘리는 수모를 당하고 말았다.

하지만 성호는 원장이라는 노인을 절대 살려 보내지 않을 것을 이미 맹세하였기 때문에 다음 공격이 바로 이어지고 있었다.

노인은 성호의 공격에 몸을 피하지도 못하고 그대로 목이 잘리는 경험을 하게 되었다.

서걱!

툭. 데구르르르.

원장이라는 노인이 죽음을 당하자 남아 있던 원로들의 눈에서는 원한이 불타고 있었다.

원장과 이들은 무인으로 한평생을 함께 해 왔던 존재들이었기 때문이다.

성호는 단 한 명의 노인도 살려서 보내지 않을 것을 결심하였기에 노인들을 향해 사정없이 공격을 하게 되었다.

하지만 노인들도 그냥 죽을 수는 없었는지 필살의 공격을 하기 시작했다.

"죽어랏!"

"죽어!"

세 명의 노인과 내상을 입은 노인들까지 합세해 하는 공격은 비선문의 무인들이 보기에도 엄청나 보였다.

하지만 성호는 그런 노인들의 공격에 비웃음을 던지고는 검으로 모든 공격들을 파괴하기 시작했다.

꽝꽝! 쫘르르르!

서걱! 서걱! 서걱!

엄청난 굉음과 날카로운 소리가 들리면서 비명이 흐르기 시작했다.

"커억!"

"아악!"

"크윽!"

성호의 검강에 세 명의 노인은 목이 잘려 죽었고 남아 있는 세 명의 노인들도 심각한 부상을 입게 되었다.

부상을 입은 노인들은 그냥 두어도 죽을 수밖에 없을 정도로 심각한 부상이었기에 성호는 더 이상의 공격은 하지 않았다.

"당신들은 한국의 무인들이 죽이고 싶을 때 맘대로 죽일 수 있는 존재로 알았나. 아니, 반대로 자신들이 죽을 수 있다는 생각은 전혀 하지 못한 것 같군그래."

성호의 말에 노인들은 아무런 말도 하지 못했다.

"이제 여기 있는 무인들과 함께 일본에 있는 천우회의 총단을 직접 찾아가서 천우회의 뿌리까지 확실히 정리를 해주도록 하지."

성호의 냉혹한 말에 노인들의 얼굴이 처참하게 변해가고 있었다.

"으으으. 이 살인마 같은 놈!"

"내가 살인마로 보이는가? 그럼 천우회는 무엇인가?"

"……."

"내가 보기에는 천우회라는 단체는 존재를 해서는 안 되는 곳이라고 생각이 든다. 인간의 존엄성도 없는 그런 곳이 과연 필요할까?"

성호의 냉정한 말에 노인들은 더 이상 대꾸를 하지는 않았지만 이들은 지금 자신들의 죽음이 점점 가까워진다는 것이 마음이 아팠다.

천우회는 이들에게는 목숨과도 같은 곳이었기에 천우회를 살리고 싶었지만 힘이 없다는 것을 알기에 눈에는 안타까운 눈빛만 흘리고 있었다.

노인들은 얼마 지나지 않아 서서히 눈을 감았고 성호는 그런 노인들이 모두 죽을 때까지 검을 들고 자리를 지켰다.

노인들이 모두 죽자 성호는 검을 죽은 노인의 옷으로 닦고는 다시 검집에 넣었다.

비선문의 무인들은 성호가 노인들을 모두 죽이는 것을 보고 있었지만 누구도 감히 나서는 이가 없었다.

 검강을 사용하는 절대 고수의 앞에 감히 말을 할 수 있는 간 큰 무인은 없었기 때문이었다.

 한 장로는 그런 성호를 보며 입을 열었다.

 "도대체 얼마나 강한 것인가?"

 가장 궁금한 것이었고 묻고 싶었던 것이다.

 "저도 잘 모릅니다. 하지만 누구를 상대해도 지지 않을 자신은 있습니다."

 성호의 말에 한 장로는 고개를 끄덕일 수밖에 없었다.

 검강을 사용하는 무인이라면 지고 싶어도 지지 않을 것이라는 생각이 들어서였다. 아니 질수가 없을 것이다.

 전설에서나 존재한다는 말이 돌고 있는 것이 검강이다.

 그런 전설의 검강을 사용하는 성호를 누가 이기겠는가 말이다.

 "그리고 아까 한 이야기는 무엇인가? 천우회의 총단을 공격하겠다는 소리 말일세."

 한 장로는 성호가 한 이야기를 생각하며 물은 것이다.

 "사실은 원로들이 천우회에서는 가장 강한 존재들이기 때문에 이들만 정리하면 천우회의 총단에는 그리 강한 무인들이 없습니다. 그래서 저는 비선문의 무인들이 직접 천우회의 총단을 공격하였으면 해서 한 말이었습니다. 어차피 비선문과 천우회는 서로 양립할 수가 없는 단체이기 때문에 이번에 확실하게 정리를 하는 것이 좋다고 생각을 하였습니다."

성호는 자신이 생각한 것을 모두 이야기해 주었다.

비선문의 무인들도 성호의 야기를 들으면서 당연하게 해야 하는 일이라는 생각이 들었고 말이다.

"그러면 총단에는 지금 강자들이 없으니 이참에 정리를 하자는 말인가?"

"예, 저들이 약한 이때 확실하게 정리를 하는 것이 차후에도 좋을 것 같습니다. 시간을 두면 또 다른 짓을 할 수도 있으니 말입니다."

"흠……."

"그리고 제가 시간을 주지 않으려는 이유가 하나 더 있습니다."

"다른 이유가?"

단순히 잔당 제거라 생각했는데 한 장로가 생각하지 못한 이유가 있는 모양이다.

"지금 천우회가 약을 개발하고 있는데 평범한 무인을 하루아침에 강한 무인으로 만들려고 하고 있다는 정보가 있어서입니다."

"그런 일이……."

성호는 특급 무인들에 대한 이야기를 살짝 흘렸고 한 장로는 그 말을 들으니 절대 시간을 주어서는 안 되겠다는 생각을 하게 만들었다.

어차피 천우회와는 원수와 같은 사이인데 시간을 줄 필요가 없었기 때문이다.

"만약에 그런 약을 가지고 있다면 시간을 줄 필요가 없지 내일이라도 당장 가도록 하세."

"저도 최대한 빨리 가는 것이 좋다고 생각합니다. 그런데 일본에 가려면 여권이 있어야 하는데 여권들은 있습니까?"

"아, 여권에 대해서는 걱정하지 않아도 되네. 비선문의 무인들은 가끔 중국으로 여행을 가기 때문에 여권은 이미 가지고 있다네."

"그럼 다행이고요."

한 장로는 성호의 생각대로 천우회의 총단을 공격하기로 마음을 굳히고 있었다.

천우회의 노인들은 비선문에서 처리를 하였고 이들은 죽은지를 모르고 있을 때 공격을 하는 것이 가장 좋다는 말에 비선문의 무인들은 빠르게 일본으로 갈 준비를 하게 되었다.

성호는 자신이 노인들과 싸우는 사이 특급 무인 둘에게 노인들과 함께 온 천우회의 무인들을 모두 정리하라는 지시를 하였다.

모두가 성호와 노인들 간의 대결에 몰두하고 있을 때 벌어졌기 때문에 노인들이 타고 온 차량에 있던 놈들은 미처 천우회에 이곳의 소식을 전하기도 전에 모두 제거를 당했다.

성호의 생각대로 비선문의 무인들은 이튿날 바로 일본으로 출발하게 되었다.

천우회의 총단이 있는 곳에 도착한 성호는 이들의 초소가 어디에 있는지 알기에 가장 먼저 선두에 섰다.

성호는 가면서 은밀히 초소에 있는 자들을 모조리 제거를 하면서 이동하였다.

"커억!"

"으윽!"

놈들은 누구인지도 모르고 죽음을 당해야 했지만 이들을 결코 살려두지 않을 생각을 하는 성호였다.

성호가 가차 없이 적들을 죽이는 모습에 비선문의 무인들도 그런 성호를 두려워할 정도였다.

총단이 한눈에 보이는 곳에 도착하자 성호는 한 장로를 보았다.

"저기가 천우회의 총단이 있는 곳인가?"

한 장로나 비선문의 무인들은 천우회의 총단을 이번에 처음으로 오는 것이라 신기한 눈빛을 하며 총단이 있는 곳을 보고 있었다.

이런 산속에 저런 건물들을 짓고 살고 있다는 것이 비선문의 무인들에게는 신기하게 느껴졌기 때문이다.

"예, 저기가 죄악의 본거지입니다."

"사방이 산이라 놈들이 도망을 가면 자칫 놓칠 수도 있다는 말이군그래."

"그래서 놈들이 도망을 가지 못하게 사방을 포위를 해서 처리를 하는 것이 좋을 것 같습니다. 그리고 연구를 하는 자들은 모조리 잡아서 한국으로 가야 합니다. 그들이 연구하고 있는 것들을 이용하면 한국에서도 제법 도움이 된다고 생각하니 말입니다."

평범한 무인들을 강하게 만드는 약과 같은 것이 있다면 누구도 욕심을 낼 것이기 때문에 성호는 그런 약을 개발하는 자들을 한국으로 데리고 갈 생각이었다.

일본에는 더 이상 그런 연구를 하지 못하게 하려는 의도였다.

"연구를 하는 자는 데리고 가고 나머지는 모두 죽이자는 이야기인가?"

"그렇습니다. 살려두면 또 다시 같은 짓을 할 놈들이니 절대 살려두어서는 안됩니다."

성호는 천우회의 무인들은 모조리 죽여 입을 막을 생각이었다.

이미 이들이 따로 거주하는 장소도 모두 알고 있기 때문에 성호는 남아 있는 이들도 모두 제거하여 추후의 걱정거리를 남겨두고 싶지 않았다.

"여기 총단에는 무인들만 있는 것인가? 만약 일반인이 있다면… 우리는 그런 일반인을 죽일 수는 없네."

한 장로와 비선문의 사람들은 무인이라면 당연히 죽일 수가 있지만 그렇지 않은 사람들도 죽일 수는 없다는 입장을 가지고 있었다.

이는 아무리 천우회가 비선문과 양립을 할 수 없는 사이라고 해도 지켜야 하는 것이기 때문이었다.

성호는 총단에 있는 사람들 중에 일반인이 얼마나 되는지를 생각해 보았다.

아무리 천우회의 총단이라지만 이곳도 사람이 사는 곳이기 때문에 일을 해야 하는 사람들이 있다.

하지만 그들은 성호가 알기로는 강제로 이곳으로 와서 일을 하는 사람들뿐이었기에 한 장로의 말에 바로 결정을 내릴 수가 있었다.

"그렇게 하십시오. 장로님의 말씀대로 아무 상관도 없는 일반인들을 죽일 수는 없으니 말입니다. 저희는 무인이지 살인마가 아니지 않습니까."

성호도 한 장로의 말이 타당하다고 생각하기에 바로 그렇게 하자고 하였기에 비선문의 무인들은 아까와는 다르게 조금 가벼운 마음이 되었다.

"그러면 바로 공격을 하도록 하지."

한 장로는 그렇게 말을 하고는 사전에 편성한 공격조에게 명령을 내렸다. 그 말에 비선문의 무인들은 빠르게 총단을 포위하기 시작했다.

"모두 마음 다잡고 최선을 다해라!"

아무리 최고수들이 죽었다지만 이곳은 천우회의 총단이다.

이곳에 남아 있는 무인들은 하나같이 일정 능력 이상의 무인들이다. 아직은 자신들이 천우회에 무인들보다는 약하다는 생각을 하고 있기에 이번 공격에는 아마도 전력을 다해 적을 공격할 것이다.

그리고 그렇게 해야 피해를 줄일 수가 있었고 말이다.

성호는 사실 혼자 총단을 정리 할 수도 있었지만 비선문을 함께 하려는 이유는 이들에게 적을 대하는 마음을 가지게 하려는 의도에서였다.

적이 생기게 되면 어찌 대처를 해야 하는지를 알아야 하는 것과 무인의 마음은 냉정해야 한다는 것을 알려주고 싶었다.

그리고 비선문의 복수도 함께 할 수 있었기에 이거는 일거양득의 일이었다.

성호와 비선문의 무인들은 그렇게 총단을 은밀히 포위하

였고 바로 시간이 되자 공격을 하게 되었다.

"놈들을 죽여라!"

한 장로의 지시에 무인들은 가지고 있던 무기들을 힘차게 휘두르며 공격을 하기 시작했다.

"죽여라!"

"비선문의 복수를 하자."

사방에서 갑자기 공격을 당하게 되자 천우회의 총단에 있던 무인들은 모두 깜짝 놀라 바로 대처를 하지 못하는 바람에 초반에는 엄청난 피해를 입게 되었다.

"크아악!"

"적이다! 아악!"

"어서 보고를 해라. 적의 공격이라고."

서걱!

"카악!"

사방에서 공격을 하는 무인들 때문에 총단의 입구를 지키고 있던 무인들이 죽어나가자 총단 내에서는 비상이 걸리게 되었다.

"아니, 갑자기 이게 무슨 소리냐!"

회주는 총단이 공격을 받을 것이라고는 생각지도 못하고 있었기 때문에 하는 소리였다.

"헉, 헉, 회주님. 적의 공격입니다."

한 남자가 숨을 참으며 빠르게 보고를 하였다.

"아니, 감히 여기가 어디라고 적이 공격을 한다는 말이냐!"

회주도 놀랐는지 얼굴이 창백하게 변하며 자리를 박차고 일어섰다.

"헉, 헉, 적의 수가 적지 않은 것과 한국말을 사용하는 것을 보니 비선문의 무인들이 공격을 하는 것 같습니다."

남자는 공격을 받는 상황을 잠시 지켜보고 온 것인지 그래도 제대로 상황을 파악하여 보고를 하고 있었다.

회주는 비선문이 총단을 공격하고 있다는 소리에 어이가 없다는 표정을 지었다.

바로 어제, 원로들로부터 비선문을 공격하려 한다는 보고를 받았었다. 그래서 이제는 비선문에 대한 문제는 신경을 쓰지 않아도 된다는 생각을 하고 있었다. 그런데 이렇게 전면적인 공격을 할 정도라면 오히려 원로들이 모두 당했을 수도 있기 때문이다.

하지만 그렇다 하더라도 회주는 당황하지 않았다.

문제가 생겼지만 처리하면 되고, 또 비선문은 그리 대단한 곳이 아니기 때문이다. 이 모두가 성호의 능력을 모르기에 하는 착각이었다.

"당장 모든 무력단을 이용하여 적들을 막아라."

회주는 빠르게 지시를 하였고 그 지시는 빠르게 전달이 되었기에 천우회의 무력단이 비선문의 무인들을 상대하기 위해 움직이게 되었다.
 회주는 천우회의 총단이 공격을 받을 것이라고는 정말 상상도 하지 못했다가 공격을 받으니 정신이 없었다.
 "어떻게 대 천우회의 총단이 공격을 받을 수가 있다는 말인가?"
 회주의 상식으로는 도저히 있어서는 안 되는 일이 벌어지고 있었던 것이다.
 회주가 그러고 있는 사이에도 총단의 무인들은 하나씩 하나씩 죽어나가고 있었다.
 특히 성호가 있는 곳의 무인들은 성호의 검에 빠르게 죽어나갔고 성호도 놈들을 절대 살려두지 않을 생각으로 살검을 사용하고 있었다.
 그런 성호를 향해 다가오는 무리들이 있었다.
 이들은 검으로 무력단을 만든 놈들이었다.
 일본의 검술은 살검이었기에 상당한 실력을 가지고 있는 자들이기도 했다.
 성호는 놈들을 비선문의 무인들이 이들과 전투를 하게 되면 많은 피해를 볼 수도 있다는 생각이 들었고 이는 바로 놈들을 향해 공격을 먼저 하게 만들었다.
 "저놈들이 오면 부상자가 많이 생길 것 같으니 내가 먼저 처리를 해야겠다."

성호는 생각과 함께 몸이 움직이고 있었다.

놈들은 몸에 살기를 풀풀 날리고 있었기 때문에 성호는 난전 속에서도 금방 놈들이 있는 곳으로 찾아갔다.

"네놈들이 남아 있는 무력단이겠구나. 어디 실력이 얼마나 되는지 보자."

성호는 그렇게 말을 하고는 바로 공격을 하였다.

성호의 검에서는 검강은 아니지만 검기가 사방으로 뻗어 나갔다.

무력단의 놈들도 갑자기 검기가 사방으로 공격을 하자 놀라는 얼굴을 하기는 했지만 빠르게 들고 있던 검을 이용하여 방어를 하기 시작했다.

"놈은 검기를 사용하는 고수다. 고수를 상대하는 진을 짜서 상대를 한다."

이십여 명으로 보이는 놈들은 아마도 고수를 상대로 여러 명이 합공을 하는 방법을 배운 것 같았다.

갑자기 놈들이 성호를 포위를 하며 이상한 방법으로 자신을 상대하려고 하였지만 성호에게는 그런 짓이 통하지 않게 하는 방법이 있었다.

성호는 놈들을 상대하기 위해 이미 내기를 이용하여 검강을 사용하려고 하고 있었다.

이번 천우회의 총단을 공격하는 이유는 바로 한국에는 자신과 같은 전설적인 존재가 남아 있다는 이미지를 확실하게 심어주려는 것도 있었기 때문이었다.

아무리 천우회가 철천지원수라고는 하지만 성호가 살인마도 아닌 이상 이곳에 있는 모두를 죽일 수는 없다. 무력화되고 혹은 도망쳐 살아남은 사람들의 입을 통해 자신의 이야기가 전해질 것을 바라고 있었다.

성호의 검에서는 검강이 형성이 되었고 이를 이용하여 무력단의 놈들을 공격하였다.

"헉! 검강이다!"

그러나 그 소리보다 빠르게 검강은 놈들을 공격하고 있었다.

성호의 검강을 방어하려는 검들은 모조리 잘려나가고 있었고 검만 잘리는 것이 아니라 그들의 몸도 함께 잘려나가고 있었다.

서걱! 서걱! 서걱!

챙그렁!

"크아악!"

"아아악!"

성호는 적들이 죽어나가는 것은 신경을 쓰지 않는지 그냥 살아남은 놈을 향해 공격을 계속하고 있었다.

서걱! 서걱! 서걱!
챙그렁! 챙그렁!
"크아악!"
"아악!"
"커윽!"

무력단의 무인들은 그렇게 성호를 상대하는 바람에 모조리 죽을 수밖에 없었다.

그리고 성호가 검강을 사용한다는 소리를 천우회의 무인들이 소리를 치는 바람에 비선문의 무인들이 이들을 상대하는 것이 쉽게 되었다.

강한 무인이 있는 곳에는 사기가 올라가지만 그렇지 않은 곳에는 사기가 떨어지기 때문이었다.

검강으로 인해 갑자기 전력이 순식간에 무너지는 결과를 만들은 천우회의 무인들은 비선문의 무인들의 공격을 잘 막고 있다가 이제는 밀리기 시작했다.

무력단의 무인들도 한순간에 모두 죽었기 때문에 이들도 이제 검강이 자신들을 상대로 휘둘러질 것에 대한 공포심으로 움직임이 느려졌다.

이들의 예상대로 성호는 무력단의 무인들이 모두 죽자 눈길 방어를 하고 있는 무인들에게 돌아가고 있었다.

성호는 다시 검강을 만들어 방어를 하고 있는 곳으로 빠르게 이동을 하였다.

"으아악! 검강이 이리로 온다. 도망가라."

한 무인은 검강을 그대로 유지를 하고 공격을 하는 성호를 보자 겁에 질려 도망을 가기 시작했고 그 말은 다른 무인들에게도 전해지는 바람에 무인들이 일제히 뒤로 후퇴를 하는 상황이 되고 말았다.

비선문의 무인들은 천우회의 무인들이 갑자기 겁을 먹는 것을 보고는 확실히 검강의 위력을 실감할 수가 있었다.

이십여 명의 강한 살검을 익힌 무인들도 검강을 당하지 못하고 일순간에 죽어나가는 것을 보니 솔직히 자신들도 겁이 나기는 했기 때문이다.

그러니 적들의 입장에서는 검강은 공포의 상징과도 같은 그런 것이 되고도 남았다.

성호는 놈들이 뒤로 물러나는 것을 보고는 더욱 빠르게 놈들을 죽여 나가고 있었다.

서걱! 서걱! 서걱!

"크아악!"

"아악!"

"크악!"

성호의 주변에 있는 무인들은 모두가 몸이 잘려 죽었기에 천우회의 무인들은 성호가 오는 것을 보면 기겁을 하고 도망을 가기 바빴다.

덕분에 나머지 비선문의 무인들은 전투를 하기가 쉬워지고 있었고 말이다.

천우회의 무인들은 계속해서 뒤로 물러나고 있었지만 성호의 공격은 절대 멈추지 않고 계속 놈들을 죽여 나가고 있었다.

비선문의 무인들도 적들을 죽이는 것을 두려워하지 않았기에 놈들의 피해는 순식간에 엄청난 피해를 입게 되고 말았다.

총단의 회주는 성호가 검강을 사용한다는 보고를 받자 더 이상 여기에 있으면 안 되겠다는 생각을 하게 되었다.

"말도 안 돼… 검강이라니……."

저런 엄청난 고수가 있다는 사실을 몰랐기에 비선문을 공격하는 바람에 결국 자신들이 당하게 되었다는 생각을 하게 되었고 등에 자신도 모르게 식은땀을 흐르게 하였다.

"도대체 한국에는 어떻게 저렇게 전설적인 검강을 사용하는 무인이 있을 수가 있다는 말인가?"

회주는 자신의 조직에 저런 강자가 나왔으면 하는 생각을 하기는 했지만 검강이라는 것은 전설 속에서나 존재하는 것이라고 생각을 할 정도로 어려운 일이었기에 천우회도 이제는 거의 포기를 하고 있는 실정이었다.

그런데 고작 한국의 비선문에서, 그런 전설적인 검강을 사용하는 존재가 나온 것이다. 그런 사실이 회주를 더욱 비참하게 만들고 있었다.

회주는 총단의 상황은 이대로 가다가는 모두 죽을 수밖에 없다고 판단이 들었기에 빠르게 지하로 내려가고 있었다.

총단의 회주가 있는 곳에는 지하로 대피를 할 수 있는 장소가 마련이 되어 있었기 때문이었다.

회주는 우선 자신이 먼저 피하고 천우회는 다시 재건을 하면 된다는 생각을 하고 있었다.

지하에는 천우회를 다시 재건하고도 남을 충분한 자금이 준비가 되어 있었기 때문이다.

성호와 비선문의 무인들은 총단에 있는 무인들을 거의 정리할 수가 있었다.

물론 성호가 엄청난 빠른 속도로 적들을 제거하는 바람에 가능한 일이었지만 말이다.

이제 성호의 눈에 보이는 사람들은 총단에 있는 일반인들을 빼고는 거의 없을 지경이었다.

물론 이들 중에는 무인들의 가족들도 있었고 말이다.

성호는 내기를 익히지 않은 자들은 살려두었지만 아무리 적어도 내기를 익힌 자들은 모조리 죽여 버렸다.

하지만 총단에 있어야 할 회주는 사라지고 없는 바람에 고민을 하게 되었다.

"천우회의 회주라는 자는 보이지 않는 것을 보니 어딘가에 비밀스러운 곳을 만들어 두었던 것 같습니다."

"회주는 자네가 찾아보게. 우리는 우선 여기를 먼저 정리를 해야 하지 않겠나."

사방에 죽어 있는 시체들이 눈에 보였기 때문에 하는 소리였다.

아마도 일본 정부에서 이 사실을 알게 된다면 절대 가만히 있지는 않을 것이기 때문에 최소한 자신들의 흔적은 없애야 한다는 말이었다.

"그렇게 하십시오. 저는 조금 더 찾아보겠습니다."

성호는 그렇게 대답을 하고 원로들이 기거하던 곳으로 이동을 하였다.

그곳에도 놈들의 제자들이 남아 있었기 때문이었다.

태클 걸지 마!

 성호가 간 원로들이 살고 있는 마을에는 아무도 없는지 인기척이 느껴지지 않았다.
 "응? 어째서 아무도 없는 거지?"
 성호는 몰랐지만 총단이 공격을 당하자 이곳에서 수련을 하던 제자들도 총단을 빠르게 방어하기 위해 총단에 가서 전투에 참여를 하여 모두 죽었다는 것을 말이다.
 성호는 아무도 없는 것을 이상하게 생각하고는 각 집들을 수색하기 시작했다.
 마을 중앙에 있는 가장 큰 집을 수색하는데 이상하게 벽이 있는 곳이 수상하게 보여 성호는 벽을 한 번 두드려 보았다.

통! 통!

"웅? 소리가 이상한데?"

그런데 안이 비어 있는지 이상한 소리가 들리게 되자 성호는 이곳에 비상 통로가 있는 곳이라는 의심을 하게 되어 벽을 향해 강하게 쳤다.

성호의 내기를 실은 힘을 벽이 견디기에는 너무 약했는지 한 방에 무너지고 말았다.

그 안에는 상자들이 빼곡히 들어 있었다. 성호는 그중 한 상자를 열어 보았다.

"……!"

그런데 상자 안에는 모두 무공서적들이 있는 것이 아닌가?

"아니, 이렇게 많은 무공을 어떻게 가지고 있는 거지?"

성호는 이상한 생각이 들어 책들을 살피게 되었는데 아무리 보아도 이 무공들은 모두 한국의 고대 무예라는 것을 알게 되었다.

이들이 어떻게 한국의 고대 무예를 가지고 있는지는 모르지만 눈으로 보아도 상당한 양의 무공서를 가지고 있는 것을 보니 한국의 고대 무예를 이들이 가지고 간 것 같아 보였다.

상자만 해도 두 개나 되는 엄청난 양의 서적들이 보이니 말이다.

성호는 고대 무예가 적혀 있는 서적은 비선문이 모르게 자신이 가지고 가야겠다는 생각을 하였다.

아직은 비선문에게는 이런 고급스러운 서적은 오히려 독이 될 수가 있었기 때문이었다.

아마도 이런 고급 무공서를 가지고 있으면서도 저들이 검강을 사용하지 못했던 이유는 바로 자연이 가진 기의 양이 전과는 다르기 때문이라는 생각을 하게 된 성호였다.

"나는 반지의 힘과 시베리아로 가서 얻은 기연으로 인해 지금과 같은 힘을 가지게 되었지만 그렇지 않은 사람이라면 검강을 발휘할 수 있는 힘을 가지려면 아마도 백 년은 더 수련을 해야 가능할 것이니 이들의 입장에서는 그림의 떡이었을지도 모르겠구나."

성호는 이런 서적을 가지고도 무공의 발전이 없었다는 이유에 대해 그렇게밖에 설명이 되지 않았기에 하는 소리였다.

성호는 상자를 조심스럽게 자신만 알게 땅에 묻어 두고 또 다른 비밀장소가 있는지를 찾아보았다.

하지만 더 이상 의심이 가는 곳은 없었기에 원로들이 살고 있는 마을에서는 철수를 하였다.

총단의 회주가 숨어 있을 만한 장소를 찾다가 혹시라는 생각에 성호는 회주의 사무실이 있는 곳으로 가게 되었다.

회주의 사무실은 화려하게 꾸며져 있지는 않았지만 제법

깔끔하게 정리가 되어 있었다.

그리고 회주의 사무실에 있는 서적들 중에 혹시 무공서가 있는지를 찾아보았지만 무공서는 따로 보관을 하고 있는지 눈에 보이지 않았다.

"전투를 할 때는 사무실에 있었다고 했고 전투를 하는 곳에는 오지 않았다면 여기 어디에 비밀 통로가 있다는 이야기인데… 어디지?"

성호는 최대한 내기를 이용하여 비밀통로를 찾기 시작했다.

세밀히 탐사를 하기 시작하자 서재가 있는 뒤쪽에 보이지 않는 공간이 있다는 것을 알고는 빠르게 서재의 책장이 있는 곳을 확인하기 시작했다.

어딘가 여기를 여는 장치가 있을 것이라고 생각한 성호는 빠르게 주변을 살피기 시작했다.

그리고는 회주의 책상 밑 부분이 조금은 다르다는 것을 발견하게 되었다.

"응? 여기는 다른 곳과는 조금 다르네?"

성호는 의심이 가자 바로 확인을 하기 시작했다.

결국 그곳에 문을 여는 장치가 숨어 있었다는 것을 발견하게 되었다.

성호는 단추를 눌렀는데 벽면이 열리는 것이 아니라 책상의 바닥이 열리는 것을 보고는 놀라고 말았다.

바닥에도 금고가 설치가 되어 있었기 때문이었다.

금고의 문이 열리자 성호는 빠르게 안에 있는 물건들을 확인하기 시작했다.

금고에 있는 것은 통장들과 지부에서 관리를 한다는 자금에 대한 것들이 세밀하게 정리가 되어 있었다.

아마도 통장이 있다고 해도 비밀번호를 모르면 아무 소용이 없을 것이라고 생각하고는 그대로 두고 간 것 같았다.

그리고 그 외에도 여러 가지 서류들이 있었는데 그 안에는 부동산에 대한 소유권을 이전하는 것도 포함되어 있었다.

천우회는 그 역사와 걸맞게 많은 부동산을 가지고 있었는데 언제든지 다른 사람의 명의로 이전을 할 수 있도록 서류를 완벽하게 만들어져 있었기에 성호가 자신의 앞으로 이전을 할 수도 있을 정도였기에 부동산의 명의변경은 문제가 없었다.

"오호, 이거는 완전히 부수입이네."

성호는 통장과 서류들을 모두 챙겨 가지고 있던 배낭에 넣었다.

성호는 일본으로 올 때 작은 배낭을 메고 왔는데 그 안에는 그냥 오래 있을 것을 대비하여 속옷과 옷을 가지고 왔는데 이제는 옷을 버리고 서류와 통장들을 넣게 된 것이다.

성호는 금고의 문을 닫고 다시 벽을 열 수 있는 장치를 찾았다.

그러다가 우연히 벽에 장식되어 있는 것을 건드리게 되었는데 그 장식물이 바로 열쇠였는지 벽면이 돌아가면서 입구가 보였다.

"이야, 정말 머리가 좋구나. 이렇게 자연스럽게 만들 수가 있다니…… 대단하네."

성호는 그렇게 혼잣말을 하면서 빠르게 안으로 들어갔다.

계단이 있는 것을 보니 지하로 내려가는 것 같았지만 성호는 내기를 이용하여 혹시 있을 공격에 대비를 하며 빠르게 내려가고 있었다.

천우회의 회주는 자신의 비밀기지로 내려오는 성호를 보고는 기겁을 하고 말았다.

"아니, 저놈은 검강을 사용하는 놈이 아니냐?"

회주의 지하에는 천우회가 그동안 모아 두었던 모든 자금을 보관하는 커다란 금고와 같은 곳이었기에 엄청난 자금이 준비되어 있는 장소였다.

회주의 옆에는 회주만 보호를 하기 위해 존재하는 수신 호위 두 명이 남아 있었다.

"회주님, 어서 떠나셔야 합니다. 놈을 막을 수는 없습니다."

지하에는 다른 곳으로 나가는 길이 있었기에 하는 소리였다.

하지만 여기에 있는 자금을 두고 갈 수는 없었다.

자금이 없이 천우회를 무슨 수로 다시 재건을 할 수가 있다는 말인가.

"놈들에게 이곳을 주어야 한다면 여기를 차라리 폭파시키고 말겠다."

지하의 금고는 처음 만들 때부터 폭파를 할 수 있도록 폭약이 준비되어 있었기에 하는 소리였다.

"준비를 하겠습니다. 회주님."

"그래, 어차피 내가 가지고 가지 못한다면 놈과 함께 묻어두는 것도 나쁘지 않지. 나중에 얼마가 들어도 다시 되찾으면 되니 말이야."

회주는 폭파를 시키더라도 돈은 몰라도 금이나 기타 유가증권 등은 찾을 수가 있었기 때문에 하는 소리였다.

지하에는 상당한 양의 금이 보관이 되어 있었기 때문이다.

하지만 성호가 내려오는 속도가 점점 빨라지게 되자, 회주의 호위들은 눈빛이 다급하게 변하기 시작했다.

"헉! 벌써 저기까지 왔다는 말인가?"

"회주님, 시간이 없으니 우선 혼자 대피를 하십시오. 놈은 저희가 막아 보도록 하겠습니다."

잃어버린 유산을 찾다

호위들은 성호를 자신들이 우선 막아야 한다는 말을 하고 있었다.

여기서 더 있다가는 회주도 피신을 시키지 못할 것만 같아서였다.

회주도 성호가 내려오는 무시무시한 속도를 보니 솔직히 겁이 나기도 했다.

"나는 바로 피신을 할 것이니 너희도 죽지 말고 그곳으로 오도록 해라."

"알겠습니다. 회주님 부디 건강하시기를 기도하겠습니다."

두 호위는 자신들이 성호를 막을 수 없다는 사실을 알고 하는 하직인사였다.

이들은 자신들이 고아로 태어나서 지금까지 자신들을 키워준 회주였기에 마지막으로 은혜를 갚아야 한다는 생각을 하며 죽음을 받아들이고 있었다.

회주는 두 호위를 보며 돌아서는 순간에 눈에서 눈물을 흘렸다.

'부디 살아서 오기를 기다리고 있으마. 나의 아들들아.'

회주는 아직도 결혼을 하지 않았기에 두 호위를 아들과 같이 생각을 하고 있었지만 이들에게는 아직 한 번도 그런 소리를 하지 않았기에 마음속으로만 말을 하고 있었다.

회주가 떠나고 나자 두 호위는 서로를 보며 눈빛을 빛내고 있었다.

이들은 바로 폭파 장치를 가동시키기 시작했다.

폭파 장치를 가동하게 되면 정확하게 한 시간이 지나면 폭발을 하는 것이기 때문에 성호를 한 시간 동안은 이들이 묶어 두어야 한다는 문제가 있었다.

이들은 자신들의 목숨을 걸고 성호를 이곳에서 죽이기로 마음을 먹고 있었다.

성호는 빠르게 이동을 하고 있으면서 사방의 기척을 감시하고 있었기에 누군가가 움직이기만 하면 바로 알 수가 있었다.

호위들은 닌자의 기술을 사용하기 때문에 숨어서 성호를 공격하려고 하였지만 성호에게는 그런 은신술이 통하지 않는다는 것을 모르고 있었다.

성호는 지하의 길을 막 꺾어지려고 하는 순간에 공격이 있었지만 쉽게 그 공격을 피하고 있었다.

이는 이미 그 자리에 누군가가 있다는 사실을 알고 있었기 때문이다.

"호오, 이제부터 시작인가?"

성호는 자신을 공격하는 남자를 보며 닌자라는 것을 한눈에 알아보았다.

닌자단으로 인해 비선문의 무인들이 죽은 것이 생각이 나자 놈들을 살려두고 싶지가 않았다.
그런 마음이 생기자 성호는 강하게 공격을 하게 되었다.
꽝! 꽝!
"크으윽!"
호위는 성호의 공격에 가슴이 함몰이 되고 말았지만 아직은 숨이 붙어 있었다.
성호가 죽지는 않을 정도로 조절을 하였기 때문에 가능하였던 것이다.
이들에게 얻을 정보가 있었기에 그냥 죽일 수는 없었다.
성호는 바로 정신을 제압하기 위해 호위의 옆으로 갔다.
하지만 성호가 가자 남자의 입에서는 핏물이 흐르며 서서히 죽어가고 있었다.
아마도 입안에 독을 물고 있었던 것 같았다.
자신이 고통을 당하게 되면 비밀을 발설할 것을 걱정하여 죽음을 결심하게 된 것이다.
성호는 남자가 죽자 이상한 기분이 들었다.
"흠…, 놈들이 이렇게 자살을 하면 곤란하게 되는데 회주를 찾을 방법이 없어지니 말이야."
성호는 이제부터는 조금 다르게 해야겠다는 생각을 하였다.

적이 보이면 바로 제압을 하여 정보를 얻어야겠다는 생각을 하게 되었다.
호위 중에 남아 있는 한 명도 성호를 기습하기 위해 준비를 하고 있었다.
성호는 이동을 하다가 놈의 기척을 발견하게 되었고 이번에는 먼저 놈을 제압해야겠다는 생각을 하고는 바로 움직이게 되었다.
성호의 공격은 바로 혈도를 제압하는 것으로 몸을 움직이지 못하게 하여 바로 정신 제압을 하여 정보를 얻을 생각이었다.
성호는 놈이 있는 곳으로 빠르게 이동을 하여 순식간에 놈을 제압할 수가 있었다.
쉬이익!
"헉!"
호위는 생각지도 못한 빠름에 바로 제압을 당하고 말았다.
성호는 놈을 잡자 바로 정신 제압을 시작했고 잠시의 시간이 지나자 정신을 완전히 제압을 하게 되었다.
"내가 누구냐?"
"제 주인님이십니다."
"여기서 무슨 짓을 하고 있었느냐?"
"지하를 폭파하기 위해 폭파 장치를 가동하고 있었습니다."

성호는 폭파를 하려고 한다는 소리에 깜짝 놀라고 말았다.

"폭파를 멈추는 방법은 없는 거냐?"

"이곳은 장치를 가동하게 되면 멈출 수가 없는 곳입니다. 이곳에는 천우회의 모든 자금을 보관하는 곳이기 때문에 넘겨주지 않기 위해 그런 조치를 한 곳입니다."

성호는 놈의 말을 듣고는 한숨을 쉬었다.

"그러면 회주는 어디로 갔느냐?"

"회주님은 이차 기지인 도쿄로 이동을 하였습니다."

성호는 이들의 비밀기지가 도쿄에 있다는 것에 조금은 놀라고 있었다.

천우회의 뿌리가 생각 이상으로 깊다는 것에 놀란 것이다.

"너는 폭파 장치가 있는 곳으로 나를 안내하도록 해라."

"네, 주인님."

성호는 천우회의 자금이 보관되어 있는 이곳을 폭파시키지 않기 위해 장치가 있는 곳으로 가 보았다.

자신이 할 수 있으면 최대한 폭파를 지연시키려고 한 것이다.

성호가 안내를 받은 곳에는 많은 장치가 있는 곳이었다. 그곳에는 빨간색 경고등이 사방에서 빠르게 깜빡이고 있었다.

물론 밑에는 시간이 나와 있었다.

아직 시간이 남아 있기는 하지만 이곳이 폭발을 하게 되면 총단의 건물들도 무너지게 될 것이고 그러면 비선문의 많은 무인들도 죽을 수가 있다는 생각이 들었기에 성호는 최대한 방법을 찾으려고 하였다.

물론 이십 분이라는 시간을 이용하면 비선문의 무인들이 이곳을 피할 수도 있겠지만 왔다 갔다 하는 시간을 생각하며 솔직히 자신이 없었기에 선택한 방법이었다.

"여기 있는 선들을 자르게 되면 어찌 되느냐?"

"선들을 자르면 바로 폭발이 이루어지게 됩니다. 주인님."

놈의 이야기를 들은 성호는 장치를 내기를 이용하여 아예 가루로 만들면 되지 않을까라는 생각을 하였다.

하지만 위험 부담이 크기 때문에 우선은 폭발을 시키는 매개체를 먼저 찾아 없애는 것이 좋겠다는 생각이 들었다.

"폭발물은 어디에 있느냐?"

"장치가 있는 곳은 알지만 폭발문은 저희도 모르고 있습니다. 이곳은 처음 만들 때부터 그렇게 설계가 되어 있었기 때문입니다."

결국 방법은 위험하지만 장치를 분쇄시키는 것밖에는 없다는 이야기였다.

성호는 고민을 하였지만 결국 위험하기는 하지만 모험을 하기로 결정을 보았다.

휘이이잉.

기음이 나며 성호의 주변에 갑자기 엄청난 내기가 움직이기 시작하였다.

이로 인하여 주변의 공기가 일렁이는 현상을 만들고 있었다.

성호의 몸에 있는 모든 내기와 자연의 기운들을 모아 장치의 주변을 감싸기 시작했다.

그렇게 하는 이유는 혹시라도 조심을 하기 위해서였다.

성호의 이마에는 자신도 모르게 땀이 흐르고 있었는데 이는 그만큼 긴장을 하고 있었기 때문이었다.

성호의 내기는 폭파 장치를 감싼 상태에서 강하게 장치를 건드렸고 순식간에 폭파 장치를 가루로 만들어 버렸다.

성호는 가루로 만들었지만 이내 모르는 상황에 대비를 하기 위해 호신강기를 펼쳤다.

그러기를 1분여.

시간이 지나도 폭발이 일어나지 않자 성호는 이마에 흐르는 땀을 닦을 수가 있었다.

폭발 장치를 철거를 하는 것이 아니라 가루로 만들어 버리는 바람에 모든 장치가 멈추게 되어 버린 것이다.

전자장치이기 때문에 갑자기 가루가 되니 더 이상 다른 반응을 보이지 않았던 것이다.

성호는 다행히 폭발을 방지하기는 했지만 아직도 이곳은 위험한 곳이라는 생각하고 있었다.

"휴우……, 살았다. 정말 태어나서 가장 긴장을 한 순간인 것 같구나."

 성호는 그렇게 생각하며 이런 긴장감을 가졌다는 것에 자신도 모르게 미소가 지어졌다.

 호위는 정신이 제압이 되어 있었기 때문에 지금 무슨 상황이 벌어지고 있는지도 모르는지 그저 멍하니 성호를 바라보고만 있었다.

 성호는 회주가 도망친 이차 비밀 거점으로 가기 위해 우선은 비선문의 사람들이 있는 곳으로 갔다.

 지하의 많은 자금은 우선은 그대로 두기로 결정을 하였고 말이다.

 비선문이 총단을 공격하며 피해를 입기는 했지만 그 정도는 이미 감수를 하고 온 것이기 때문에 여기에 있는 자금은 주지 않을 생각이었다.

 성호는 여기에 있는 자금을 한국으로 가지고 가서 없는 사람들에게 도움을 주고 싶었기에 내린 결정이었다.

 자신에게는 이미 충분히 많은 돈이 있다. 때문에 욕심이 생기지는 않았다.

 성호가 나가고 벽을 그대로 돌려 두니 누가 와도 이상하게 생각하지 않을 정도로 완벽하게 복원되었고 사무실은 변함이 없어 보였다.

성호는 그런 벽을 보며 빙그레 미소를 지으며 나갔다.

밖에는 이미 비선문의 무인들이 죽은 시체들을 모두 처리를 하였는지 시체들이 보이지가 않았다.

"한 장로님, 총단의 회주는 지금 제이의 비밀 거점으로 이동을 하였다고 합니다. 저는 회주를 찾아 갈 생각이니 비선문의 무인들은 이제 그만 한국으로 가시는 것이 좋겠습니다. 남아 있는 회주만 정리를 하면 천우회는 완전히 정리가 되니 말입니다."

"알겠네. 회주에 대한 문제는 자네가 알아서 처리를 하도록 하게. 하지만 여기에 남아 있는 일반인들은 어찌하였으면 좋겠는가?"

한 장로는 일반인들이 이미 많은 시체들을 보았기 때문에 걱정스러운 얼굴을 하고 있었다.

성호는 한 장로가 하는 걱정이 무엇인지를 알기에 이곳에 있는 일반인들에게 정신을 제압하여 상황을 조종하기로 마음을 먹게 되었다.

이들 때문에 한국이 욕을 먹어서는 결코 안 되기 때문이었다.

"그 부분에 대해서는 제가 알아서 정리를 하겠습니다. 우선 일반인들이 있는 곳이 어디입니까?"

"저기 보이는 건물이 모두 모여 있네. 물론 연구를 하던 사람들은 따로 두었네."

연구를 하는 사람들은 모두 한국으로 데리고 갈 생각이었기에 한 장로가 일반인과 따로 격리해 가두어 두었다.

"알겠습니다. 제가 가보겠습니다."

성호는 일반인들이 있는 곳으로 가서 비선문의 무인들을 모두 나가라고 하고는 전체를 대상으로 정신 제압을 시작하였다.

한 사람이 아니라 다수를 상대로 정신 제압을 하는 것이기 때문에 아무리 성호라 해도 힘들 수밖에 없다.

하지만 그나마 대상들이 내기를 가지고 있는 무인이 아니라 일반인이기 때문에 이렇게 욕심을 부려 한 번에 처리를 하려고 한 것이다.

"모두 나를 보시오."

성호의 말에 이들은 두려운 눈빛을 하며 성호를 보게 되었다.

성호는 아직도 자신을 보지 않은 사람이 있는지 확인을 해보았지만 그런 사람은 없는 것을 확인하고는 바로 정신을 제압하기 시작했다.

"지금부터 당신들은 지금까지의 천우회에서 일어난 일들

을 모두 잊습니다."

 성호의 정신 조정으로 이들은 천우회의 무인들이 서로 파가 갈려 전투를 하게 되었고 그로 인해 모두 죽게 되었다고 기억을 하게 되었다.

 성호는 비선문의 무인들과 총단을 떠나게 되었고 하루가 지나면 일반인들은 성호의 조작으로 인해 경찰에 신고를 하게 될 것이다.

 그러면 아마도 일본은 다시 한 번 깜짝 놀라게 되겠지만 말이다.

 성호는 비선문의 무인들을 모두 한국으로 보내고는 호위와 함께 회주가 있는 비밀 거점으로 갔다.

 회주를 절대 살려둘 수가 없었기 때문이다.

 회주가 있는 비밀 거점은 은밀히 마련을 한 곳이기 때문에 그냥 일반 저택이었고 관리를 하는 사람들도 있는 제법 좋은 곳이었다.

 단지 주인이 아직 누구인지를 정해지지 않았다는 것만 다를 뿐이었다.

 성호는 호위와 함께 저택에 도착해 호위를 먼저 안으로 들어가게 했다. 회주가 있는지를 확인하기 위해서였다.

 저택 안으로 들어간 호위는 바로 회주가 있는 곳으로 이동을 하였고 곧이어 안에 회주가 있다는 것을 확인할 수가 있었다.
"아니, 너는……?"
"회주님, 다시 뵙게 되었습니다."
호위는 회주에게 정상적으로 인사를 하였다.
"그래 살아와서 다행이다. 그곳은 어찌 되었느냐?"
"폭발로 인해 안에 있는 자들은 모두 죽었을 것입니다."
호위의 말에 회주는 침음성을 터뜨렸다.
"그러면 혼자만 살아 나온 것이냐?"
"그렇습니다. 아타나베는 적을 막기 위해 목숨을 걸었기에 제가 살아올 수가 있었습니다."
호위의 죽음으로 한 명이 살아남았다는 말에 회주의 눈에는 약간의 슬픔이 담겼지만 이내 사라지고 말았다.
"그래도 너라도 살아와서 다행이다. 이제 다시 천우회를 재건해야 하니 말이다."
회주는 아직 지부들이 남아 있었기 때문에 지부에 감추어 두었던 비자금을 이용하면 충분히 회를 재건할 수가 있을 것이라고 생각했다.
회주와 호위는 그렇게 이야기를 하고 있을 때 성호는 은밀히 잠입을 하여 회주의 주변을 살피게 되었지만 아무도 없다는 것을 확인하자 이내 바로 회주를 제압하기로 마음을 먹었다.

'회주의 시선을 잠시만 가려라.'

성호의 명령에 호위는 바로 회주의 앞으로 걸어갔다.

회주는 갑자기 호위가 자신의 앞으로 걸어오자 조금 이상하다는 생각을 하게 되었다.

"멈추어라!"

회주의 명령이 떨어졌지만 호위는 멈추지 않고 계속 걸었다.

그런 호위를 보는 회주의 시선에는 의심이 가득한 눈빛을 하게 되었다.

하지만 성호는 이미 회주의 근처로 잠입을 하였기 때문에 회주를 바로 공격하였다.

쉬이익!

"헉!"

회주는 갑자기 몸이 움직이지 않자 당황하였다.

그리고 곧장 성호가 몸을 나타냈는데 회주는 성호를 보고는 깜짝 놀라고 말았다.

"아니, 너는?"

"그동안 천우회를 이용하여 많은 범죄를 지은 수장이 이렇게 도망을 다니면 곤란하지 않겠어?"

성호의 말에 회주는 원한이 가득한 눈빛을 하며 성호를 노려보았다.

"네, 네놈이 아니었으면 내가 이러고 있겠느냐?"

"너희가 먼저 우리를 건드리지 않았냐? 우리는 너희가 건드리지 않았으면 이렇게 하지를 않았을 것이다. 결국 너희는 강하다는 자만심 때문에 이런 꼴이 된 것이다."

성호의 말이 틀리지가 않았기에 회주는 바로 반문을 할 수가 없었는지 입술을 깨물고 말았다.

성호는 회주의 눈을 보고 정신을 제압하기 위해 내기를 올렸다.

회주도 상당한 내기를 가지고 있기 때문에 쉽지 않았지만 결국 회주는 성호의 정신 제압에 걸리고 말았다.

"그동안 천우회가 가지고 있었던 비자금에 대한 것은 어디에 있느냐?"

"제가 가지고 있습니다. 주인님."

회주는 비자금에 대한 자료는 항상 가지고 다녔는데 이는 작은 USB를 휴대하고 다녔기 때문이다.

성호는 회주가 가지고 있는 것을 받아 방에 있는 컴퓨터로 확인을 해보았다.

자신이 가지고 있는 통장에 대한 비밀번호도 모두 그곳에 있는 것을 확인할 수가 있었다.

그리고 각 지부에 보관이 되어 있는 비자금에 대한 것도 모두 기록이 되어 있었기 때문에 회주가 언제든지 가지고 갈 수가 있도록 되어 있는 것을 보고 천우회는 지독하게 회주를 중심으로 모든 일이 이루어지고 있었다는 것을 알 수가 있었다.

회주는 언제든지 다시 천우회를 재건할 수가 있을 정도로 많은 비자금을 관리하고 있었기에 이렇게 혼자 피신을 하였던 것이다.

성호가 아니었으면 천우회는 아마도 일본을 전역을 자신들의 지역을 만들었을 수도 있었을 것이다.

지금도 자료를 보니 일본의 거물들 중에 이들과 연관이 없는 자가 드물 정도였다.

일본의 대부분의 정치인이 천우회와 관계를 가지고 있었고 경영을 하는 경영인도 이들과 관계를 가지고 있었다.

일본의 대기업 같은 경우는 천우회가 가지고 있는 지분이 상당하였고 그로 인해 언제든지 마음대로 경영자를 바꿀 수가 있다는 것을 자료를 보고 알게 되었다.

"대단하다. 백 년이라는 시간 만에 이런 결과를 만들었다는 것은 정말 천재가 아니고는 할 수가 없었을 것이다."

성호는 회주가 가지고 있던 자료를 보며 진심으로 감탄을 할 수밖에 없었다.

이들이 가지고 있는 자금은 천문학적인 금액이라는 말밖에는 할 말이 없었을 정도였다.

"더 이상은 가지고 있는 것이 없는 것이냐?"

"그렇습니다. 주인님."

"그렇다면 지금부터 각 회사에 있는 주식을 모두 아베의 이름으로 명의변경을 하도록 해라."

"그렇게 하겠습니다. 주인님."

일본인이 아닌 자신의 앞으로 하면 의심을 받을 수가 있었기 때문에 아베의 이름을 사용하여 명의를 변경하려고 하였다.

아베는 절대 자신을 배신할 수가 없었기 때문에 한 행동이었다.

성호는 아베의 정신을 조작하고 나서 나중에 다시 풀어 주었지만 그 효과는 이상하게 조작을 한 것과는 다르게 더욱 충성심을 생기게 되었기 때문이었다.

아베 같은 경우에는 내기가 이상하게 반응을 하였기 때문에 나타나는 특이한 현상이었기 때문에 성호도 포기를 하고 말았던 것이다.

그런 아베의 앞으로 하며 같은 일본인이기 때문에 문제도 없었다.

천우회는 가끔 그렇게 다른 이름으로 명의를 변경하는 경우가 있었기에 의심을 받지 않아도 되었다.

성호는 회주가 하는 것을 보면서 이들을 조용히 처리를 하기로 마음의 결정을 내리고 있었다.

혈도에는 사혈이라는 것이 있는데 이를 집으면 조용히 사망을 하기 때문이다.

주식과 자금, 그리고 건물에 대한 명의가 모두 아베의 이름으로 새롭게 개설을 하자 성호는 회주와 호위의 사혈을 찔렀다.

두 사람은 고통을 받지 않고 죽음을 당했다는 것만 해도 자신이 해줄 수 있는 최선이라고 생각하는 성호였다.

성호는 그렇게 일본의 천우회를 정리하고 한국으로 돌아왔다.

일본은 천우회의 총단이 있는 곳에 남아 있던 일반인들의 신고로 인해 엄청난 혼란을 겪게 되었다.

수백 명이 죽음을 당했으니 어떻게 조용히 넘어갈 수가 있겠는가 말이다.

엄청난 죽음의 현장은 그대로 보도가 되었고 이들의 참혹한 시체는 일본인들에게 엄청난 두려움을 주게 되었다.

천우회와 연관이 있었던 고위 정치인들은 모두 침묵으로 일관을 하기 시작했다.

모두들 이번 사건을 그대로 묻기를 원했지만 사건은 이들이 생각하는 이상으로 커지면서 일본은 혼란의 도가니로 빠져들고 있었다.

일본의 이런 일은 세계를 놀라고 하였고 세계 각국의 기자들도 이 참혹한 현장을 취재하기 위해 일본으로 몰려들고 있을 정도였다.

태클
걸지 마!

　일본의 문제는 성호가 한국으로 돌아오면서 어느 정도 정보를 흘렸기 때문에 일어난 일이었다.
　그중에는 용서가 되지 않는 정치인들도 포함이 되었기에 기자들은 이번 정보를 흘린 출처를 찾기 위해 혈안이 되었지만 누구도 성호를 찾을 수는 없었다.
　그리고 일반인들이 신고를 하면서 그동안 자신들이 당한 설움에 대한 이야기를 하며 천우회의 실체가 낱낱이 세상에 알려지게 되었기에 정치인들도 자신들이 천우회와 관련이 되었다는 것을 숨기기 바빴기에 일은 일파만파 전해지게 된 것이다.

비선문의 한 장로는 국정원의 한태민을 만나 천우회의 일에 대해 간략하게 설명을 해주고 있었다.

"장로님, 그러면 천우회의 총단을 비선문이 공격을 한 것입니까?"

"그렇소. 그들은 닌자들을 이용하여 우리 비선문의 무인들을 죽였기 때문에 우리도 어쩔 수없이 그들을 응징할 수밖에 없었소."

성호는 빠지고 모든 일은 비선문이 한 것으로 국정원에 이야기를 하고 있었다.

이는 성호가 한 장로에게 그렇게 해달라고 부탁을 하였기 때문이었다.

그리고 자신과 한태민의 관계에 대해서도 자세히 설명을 해주었기 때문에 한 장로도 이해를 하였기에 가능했던 일이다.

한 장로는 출세에 눈이 먼 한태민을 보며 속으로 한심하다는 생각을 하였다.

'보는 눈이 없으니 출세에 미쳐 있는 거지. 쯧쯧.'

한 장로의 그런 마음을 모르고 한태민은 일본의 천우회가 완전히 사라졌다는 것에 대한 정보를 모으기 위해 정신이 없었다.

성호는 진성으로 가서 진성의 앞날을 생각하였지만 전국을 통일 한다고 해서 다른 작은 조직들이 생기지 않을 것이라는 생각을 버리게 되었다.

지금 관리를 하고 있는 조직만 해도 누구도 덤비지 못하는 그런 곳으로 만들었기 때문이었다.

"사장님, 수련은 어느 정도 끝을 보이고 있습니다."

백상어는 오랜만에 보는 성호를 보고 친위대의 수련에 대한 보고를 하고 있었다.

"전국연합 인물들은 어찌하고 있지?"

"그들도 아직 수련을 하고 있는 모양입니다. 하지만 친위대의 실력과는 비교도 되지 않습니다."

백상어는 친위대의 실력에 자부심을 가지고 있는 것 같았다.

"전국 연합의 보스들에게 연락을 해라. 내가 직접 만나고 싶다고 말이야."

성호는 전국에 있는 조직들의 보스들을 만나 진성이 상위의 조직이라는 말을 하려고 하였다.

전쟁을 해도 무조건 승리를 할 자신이 있었지만 천우회를 정리하면서 너무 많은 피를 보았기 때문에 더 이상은 피를 보고 싶지가 않아서였다.

이들의 보스를 만나 자신과 일대일로 대결을 하여 형과 아우를 정하려고 하였던 것이다.

일대일이 아닌 전국 보스와 자신과 대결을 말이다.

"알겠습니다. 사장님."

백상어는 성호가 무슨 생각으로 그런 지시를 하는지는 모르지만 일단은 지시를 내렸으니 따르기로 했다.

전국에 있는 조직들의 보스들에게는 진성의 이름으로 연락이 가게 되었다.

* * *

대전에 있는 한 사무실에는 지금 각 지역의 보스들이 모여 회의를 하고 있었다.

"진성의 사신이 우리를 만나자고 하는데 어찌하였으면 좋겠소?"

"장소도 우리가 있는 곳으로 온다고 하니 만나 보는 것이 좋을 것 같습니다. 피하게 되면 우리가 겁을 먹어 그런 것으로 소문이 날 수도 있으니 말입니다."

"나도 같은 생각이오. 아무리 사신이라고 해도 우리가 모두 모이게 되면 사신이라도 충분히 죽일 수가 있을 거라고 생각합니다."

여기 모여 있는 보스들만 해도 삼십 명이나 되기 때문에 이들은 사신에게 지지 않을 자신이 있었다.
 개개인이 막강한 전력을 가지고 있다는 자부심을 가지고 있어서였다.
 "그러면 진성에 이곳 대전에서 사신을 만나겠다고 통보를 하지요."
 전국 연합의 보스들과 성호는 그렇게 만나게 되었다.
 성호는 각 지역의 보스들과 약속이 잡히자 그날을 기다리며 조용히 지내고 있었다.
 약속한 날이 되자, 성호는 백상어와 쌍칼을 대동하고 대전으로 가고 있었다.
 백상어는 친위대를 대동하고 가자고 하였지만 성호가 반대를 하여 결국 두 명만 데리고 대전으로 이동을 하게 된 것이다.
 성호가 약속된 장소에 도착을 하니 그 건물에는 엄청난 전력이 대기를 하고 있는 것이 눈에 보였지만 당당하게 걸음을 걷는 성호였다.
 백상어는 솔직히 이대로 기습을 받으면 아무리 사신이라고 해도 당할 수밖에 없다는 생각이 들어 불안하기는 했지만 자신도 주먹으로 평생을 산 사람이라는 생각에 어깨를 펴고 성호의 뒤를 따랐다.
 사무실이 있는 자리에는 성호와 각 지역의 보스들이 모두 모였다.

"간단하게 설명을 하지."

성호의 말에 모두의 이목이 집중되었다.

"…나는 전국을 통일하려는 마음을 가지고 있었지만 전국을 통일해도 결국 작은 조직들이 다시 생길 수도 있다고 판단을 내리게 되어 각 지역의 보스들을 동생으로 두려고 오게 된 것이다. 그래서 여기 모여 있는 모든 보스들과 나와의 대결을 하였으면 한다. 지는 사람은 승자의 결정에 따르기로 어떤가?"

"……!"

"……!"

성호의 말에 보스들의 얼굴에는 흥분이 되는지 벌게지고 있었다.

모욕을 당했다 생각한 것이다.

아무리 사신이라지만 여기 모여 있는 보스들의 수가 삼십이다.

그리고 하나같이 명성이 높은 자들이다.

일대일이라면 모를까 이 모두가 합심을 하면 아무리 사신이라고 해도 충분히 이길 수 있을 것이라 확신하고 있는 차였다.

"딴 소리는 하지 않겠지?"

"나는 남자다."

성호의 이 한마디는 보스들에게 진심이라는 것을 느끼게 해주었다.

결국 각 지역의 보스들과 성호는 대결을 하게 되었고 성호는 다시 시간을 정하기도 귀찮아서 오늘 바로 결판을 보기로 하였다.

전국의 건달들이 모여 있기는 힘들지만 이번에는 각 지역의 정예들을 데리고 왔기 때문에 상당한 인원이 모여 있었다.

그 많은 건달들이 조용히 보고 있는 곳에는 사신인 성호와 각 지역의 보스들이 서 있었다.

일대 삼십의 대결이었다.

그것도 전국구 주먹만 이십여 명이 넘는 강자들과 말이다.

"준비되었으면 시작하지."

성호는 보스들을 보고 이제 시작을 하자고 하였다.

보스들은 성호의 말에 눈빛이 달라지기 시작했다.

이들은 타고난 싸움꾼들이었기에 상대가 강하다는 것을 인식하고 있기에 적어도 합심을 하면 절대지지 않을 것이라는 생각을 하고 있었다.

하지만 세상살이가 그렇게 마음먹은 대로 이루어지면 얼

마나 좋겠는가 말이다.

성호는 보스들이 눈치를 보는 것을 보고는 이대로 있다가는 날을 세도 그냥 있을 것이라는 생각에 먼저 공격을 시작하기로 했다.

이들에게 내기를 사용하지 않아도 충분히 승리를 할 자신이 있는 성호였다.

"내가 먼저 간다."

성호는 말을 하고는 바로 공격을 시작하였다.

성호를 둘러싸고 있던 보스들은 성호가 먼저 공격을 한다고 하자 빠르게 자세를 잡아 가고 있었다.

그러나 이들이 생각하는 사신과 실지의 사신은 엄청난 차이가 있었다.

눈으로 보고도 믿지 못할 정도의 빠름으로 공격을 하고 있으니 말이다.

퍽퍽퍽퍽.

순식간에 전방에 있던 보스들은 성호의 공격을 당했고 이들은 쓰러지지는 않았지만 그 고통이 장난이 아니라는 것을 몸으로 체험을 하고 있는 중이었다.

보스들은 이대로 가다가는 사신에게 당할 수도 있다는 생각이 들었는지 정신을 차리고는 반격을 시작하였다.

"모두 공격해라."

누군가의 말에 다른 보스들도 정신을 차리고 공격을 하기 시작했다.

성호는 이들의 공격을 받으면서도 빠르게 보스들을 공격하였고 얼마 지나지 않아 각 지역의 보스들은 성호의 공격에 모두 쓰러지고 말았다.

성호는 그렇게 했는데도 숨을 몰아쉬지 않고 차분하게 보스들을 보며 입을 열었다.

"이제 서로간의 실력에 대해서는 알았으니 그만 항복을 해라. 나는 너희들을 보내고 싶지 않아서 하는 말이다."

이미 승부를 보기 전에 약속을 하였던 것이라 보스들도 다른 말을 할 수는 없었다.

지금은 부하들도 모두 보고 있었기 때문에 만약에 여기서 아니라고 하면 진짜로 그 사람은 각 건달들이 대접을 하지 않을 수도 있었기 때문이었다.

"약속은 지키겠소. 형님으로 모시겠습니다."

한 보스는 자신의 실력이 이 정도로 엄청날 줄은 몰랐기 그 실력에 바로 항복을 하고 말았다.

한 사람이 힘들지 하고 나니 다른 보스들도 모두 항복을 하기 시작했다.

이대로 퇴출을 당해 조직을 떠나고 싶은 사람은 아무도 없었기 때문이었다.

"좋다. 너희들이 항복을 하였으니 더 이상 진성의 확장은 없을 것이다. 하지만 진성의 지시가 내려가면 바로 지시에 따라 주었으면 한다. 물론 각 조직에 불만이 생기는 일은 없을 것이라고 확신한다!"

성호의 말에 보스들의 얼굴은 환해지고 있었다.

항복을 하면 분명히 작은 것이라고 하지만 무언가를 손해 볼 것으로 생각하였는데 그것이 없었기 때문이었다.

"알겠습니다. 형님."

성호는 이렇게 전국을 완벽하게 통일을 하지는 않았지만 자신이 원하는 대로 할 수가 있도록 조직들을 만들어 가고 있었다.

성호는 모든 일을 마무리하고 서울로 올라와서 백상어를 불렀다.

"찾으셨습니까. 사장님."

백상어는 성호가 각 지역의 보스들과 대결을 하여 승리를 하였다는 것을 간부들에게 모두 알려주었다.

진성의 간부들은 모두 성호의 승리를 가지고 환호를 하게 되었고 진성은 지금 잔치를 하는 분위기였다.

성호는 이미 이들에게는 영웅과도 같은 존재로 부각되어 있었기 때문에 성호의 한 마디는 모든 진성의 식구들에게는 감히 거역을 할 수가 없는 것으로 되어 있었다.

"그래, 내가 이제는 진성의 일을 제대로 할 수 없을지도 모르니 앞으로는 진성의 일은 상어가 해결을 해주었으면 한다. 만약에 비상사태가 생기게 되면 바로 연락을 하고 무슨 뜻인지 알겠지?"

성호는 이제 진성의 일은 백상어가 처리를 하였으면 하는 생각에서 하는 소리였다.

백상어는 성호가 언제인가는 조직을 떠날 것이라고는 생각하였지만 이렇게 빨리 정리를 하려는 것인지는 몰랐기에 조금은 불안한 시선을 하며 성호를 보았다.

"사장님. 아직은 진성이 완전하게 자리를 잡은 것이 아닌데 벌써 떠나려고 하십니까?"

상어의 눈치는 상당히 빠르기 때문에 성호가 한 마디를 하니 바로 그 뜻을 금방 파악을 하고 있었다.

"진성에는 떠나 있지만 언제나 나와 연락을 할 수 있으니 내 뜻을 따라 주었으면 한다. 나는 이제부터 새로운 일을 해야 하니 말이야."

상어는 성호의 말에 이미 마음을 굳히고 하는 것이라는 것을 느낄 수가 있었다.

"사장님, 사장님의 뜻이 그러시다면 어쩔 수 없지만, 진성이 위험하면 언제든지 오신다는 약속을 해주십시오. 그러면 보내 드리겠습니다."

성호는 상어의 말에 미소를 지어 주었다.
"그렇게 약속을 하지."
"감사합니다. 그리고 진심으로 존경을 합니다. 사장님."
백상어는 자신의 명성이 얼마나 대단한지를 알고 있었다.

그리고 성호의 옆에서 있으면서 일을 처리하는 방법을 보고는 본인도 많은 것을 느낄 수가 있었기에 진심으로 그런 성호를 존경하게 되었던 것이다.

남자라면 저런 정도는 되어야 진짜 남자라는 소리를 들을 수 있다고 생각을 하고 있는 상어였다.

성호는 상어에게 모든 일을 넘기고는 집으로 돌아왔다.

성호가 있는 집에는 지금 두 사람이 기다리고 있었다.

바로 새롭게 수하로 아베와 샤이또였다.

"어서 오십시오. 사장님."

"이제는 사장이라는 소리는 하지 말고 그냥 편하게 너는 형님이라고 하고 샤이또는 선생님이라고 불러라."

샤이또는 성호보다 나이가 많았지만 상하의 관계는 정확해야 하기에 성호도 편하게 반말을 하고 있었다.

"알겠습니다. 형님."

"그렇게 하겠습니다. 선생님."

두 사람은 성호가 알려주는 운기법을 익히고 있었고 성호는 이 두 사람에게 자신이 알고 있는 무공을 알려주고 있었다.

성호는 요즘 한창 일본에 있는 무공서를 모두 가지고 왔기 때문에 이제는 새로운 무공서를 보는 재미에 푹 빠져 살고 있었다.

고대의 무예는 성호가 생각하는 이상의 무예였기에 성호도 쉽게 이해를 하지 못하는 부분들이 많았기에 더욱 흥미를 느끼는 것인지는 몰랐다.

성호가 무공을 익히면서 그중 이들에게 익히기 편한 것을 골라 이들에게 알려주었기 때문에 두 사람은 성호가 알려주는 무공에 미쳐 있는 중이었다.

무인이라면 강한 무공에 더욱 빠지기 때문이었다.

이를 일러 무공 중독이라고들 말하던가.

그리고 성호에게 새로운 사람이 생겼는데 바로 한 장로가 소개를 한 장로의 딸이었다.

한설희는 성호도 한 번 보았던 기억을 가지고 있어서 금방 친해지게 되었지만 아직은 성호가 거리를 두고 있는 실정이었다.

하지만 한설희는 그런 성호를 놓치지 않기 위해 최선을 다해 노력을 하고 있었기에 성호도 그런 설희를 거부만 할 수는 없었다.

아직 확실한 사이가 된 것은 아니지만 한설희의 노력으로 인해 예전과는 다르게 조금씩 좋은 관계로 발전을 하고 있었다.

"나는 이제 다시 치료를 하기 위해 병원으로 가려고 하니 두 사람은 당분간 무공을 익히는 일에만 신경을 쓰도록 해라. 그리고 재단을 만드는 일은 어찌 되고 있나?"

"재단은 이번 주에 시작을 할 수 있습니다. 가장 중요한 자금 건이 해결되었고 나머지 것들도 준비를 마쳤기 때문에 사람만 모이면 바로 시작을 할 수가 있습니다."

"그러면 사람들이 모이면 바로 시작을 하기로 하자. 우리가 하는 일은 확실하게 눈으로 보고 확인을 한 사람에 한해서 도움을 주는 것을 잊으면 안 된다. 무슨 뜻인지 알지?"

"예, 알고 있습니다. 그래서 모으는 사람들도 즐거워하고 있습니다. 실질적인 도움을 줄 수가 있어서 말입니다."

성호가 만드는 재단은 어려운 이웃을 돕기 위한 그런 재단이었지만 직접 발로 뛰어 어려움을 확인하고 나서 실질적인 도움을 주도록 하는 것을 기본 원칙으로 삼고 있었다.

육체적이고 직접적인 방식으로 돕는다면 일을 하는 사람들이 힘이 들기는 하겠지만 보람은 확실하게 느낄 수가 있기에 이를 중심으로 구축한 것이었다.

돈을 주고 나 몰라라 하는 그런 재단이 아니라 끝까지 책임을 지는 그런 재단을 만들려고 하였던 것이다.
 천우회의 자금은 그런 일을 하는 곳에 사용을 하고 있었던 것이다.
 성호는 모든 지시를 하고는 아주 가벼운 발걸음으로 세기 한의원으로 출근을 하기 시작했다.

『태클 걸지 마!』 완결

8월 말에 몰려오는 거대한 흐름!
세상을 보는 또 하나의 창!
이젠-북(ezenbook)!
클릭하세요!

오픈 할 때, 통큰 이벤트도 열립니다

세상을 보는 또 하나의 창-이젠북
ezenBOOK

NOMEN
노멘

이영균 장편 소설

**억울한 누명으로 인한 감옥살이 1년.
직장, 친구, 애인도… 모두 떠나 버렸다.**

911테러 이후, 극비리에 진행된 프로젝트.
그리고 그 결과물, 슈퍼컴퓨터 HAL8999

대한민국의 평범한 청년 동범과
인류가 만든 최고의 컴퓨터에서 깨어난 존재의 만남.

Nomen est omen 이름이 곧 운명!

**인류의 미래를 가르는 사건은
이 우연한 만남으로부터 시작되었다.**

Book Publishing CHUNGEORAM

유행이 아닌 자유추구 -
WWW.chungeoram.com

오채지 新무협 판타지 소설

十兵鬼
십병귀

마교가 무림을 일통한 지 삼 년, 강호의 도의는 땅에 떨어지고 오직 힘의 법칙만이 지배하는 환란의 시대는 끝날 기미를 보이지 않았다. 그러던 어느 날, 혼마(魂魔)가 죽었다. 오십 세에 혼세신교(混世神敎)의 교주로 등극, 구십 세에 구주팔황과 사해오호를 정복한 철의 무인은 고락을 함께 했던 수백 명의 마군(魔軍)들이 지켜보는 가운데 조용히 숨을 거두었다. 그리고 삼 년 후, 한 사람이 신교를 떠났다.

마도의 하늘 아래 살 수 없는 자, 금사도(金砂島)로 오라.

신비로운 열 개의 병기, 내력을 알 수 없는 사내.
그를 만나기 위해 찾아온 수많은 사람들의 금사도를 향한 여정은
과거에도 없었고 앞으로도 없을 대살겁의 탄생을 예고하는 서막이었다.

Book Publishing CHUNGEORAM
WWW.chungeoram.com

CASTLE OF ANOTHER WORLD
이계 마왕성

강한이 장편 소설

『이계만화점』의 작가 **강한이**가 돌아왔다.
그가 전하는 신개념 마왕성의 이야기!

가족을 잃고 더부살이로 받던 설움을 떠나
서울로 상경해 우연히 얻은 셋방
그곳 지하실에서 채빈의 불행한 인생이 뒤엎어진다!

이계마왕성!

그곳에서 배워라, 지혜가 되리라!
그곳에서 얻어라, 내 것이 되리라!

마왕이 아니다. 마왕성을 이용하는 현대인일 뿐.

마왕성의 사나이, 그가 이제 날아오른다!

Book Publishing CHUNGEORAM

유행이 아닌 자유추구 -
WWW.chungeoram.com

귀월
鬼月

참마도 新무협 판타지 소설

"하늘의 달은 벗 삼아도
땅 위에 떠오른 달은 피하라.
그 달 아래 춤을 추는 자,
사람이 아니라 귀신일지니……."

뜨거운 대지 위에 차가운 달이 떠오른다.
희뿌연 검광과 피가 흩뿌려지고
망자의 혼이 허공에서 춤출 때
귀역의 사자가 그곳에 있을 것이다.

 유행이 아닌 자유추구 -
WWW.chungeoram.com
Book Publishing CHUNGEORAM